上师四牙串

中国文联出版社

董少强 著

图书在版编目（CIP）数据

上师的手串 / 董少强著. -- 北京：中国文联出版社，2023.4
ISBN 978-7-5190-5166-2

Ⅰ.①上… Ⅱ.①董… Ⅲ.①长篇小说－中国－当代 Ⅳ.①I247.5

中国国家版本馆 CIP 数据核字(2023)第 067016 号

著　　者	董少强
责任编辑	周小丽
责任校对	潘传兵
装帧设计	吴燕妮

出版发行	中国文联出版社有限公司
社　　址	北京市朝阳区农展馆南里 10 号　　邮编　100125
电　　话	010-85923025（发行部）　010-85923091（总编室）
经　　销	全国新华书店等
印　　刷	三河市龙大印装有限公司

开　　本	850 毫米 x 1168 毫米　　1/32
印　　张	5.75
字　　数	80 千字
版　　次	2023 年 4 月第 1 版　　2023 年 4 月第 1 次印刷
定　　价	39.00 元

版权所有·侵权必究
如有印装质量问题，请与本社发行部联系调换

目 录

一	青朴	/001
二	流年	/013
三	眼睛	/028
四	冬天	/041
五	春天	/054
六	自由	/068
七	生死	/079
八	使者	/091
九	逃亡	/104
十	人间	/119
十一	朝拜	/136
十二	故地	/148
十三	手串	/162

一　青朴

我已倒满一碗青稞酒。

请你也倒一杯酒,听我讲一个故事,一个我在西藏青朴修行地的亲历。故事不长,讲述一位第三极少年的归路沧桑。

跟很多人一样,因为很多原因,我成了一个漂儿,藏漂儿,有点儿失意的那种。我骑着单车,浪荡在拉萨街头,居无定所。流连于各个客栈,颓唐、落寞,头发连上了胡子。一段时间后,我又心血来潮地漂到了西藏著名的修行圣地——青朴。

青朴在山南,纳瑞山,海拔4300米,高寒。

来了,先得找个地方住。

据说山上原有修行洞百余处,但多半已被遮埋。

仅存的几处高僧大德修行遗迹已被尊为圣地，只可瞻仰朝拜，不能寄居。从拉萨出发时，我心灰意懒图轻省，只带了睡袋，没购置帐篷。臆想着应该容易找一处闲置或废弃的洞穴，安静地借宿几日，体味修行者的心境：日月经天，江河行地，水穷云起，风清月白，山高水长，浩浩汤汤。而若找不到洞窟，露宿也行。仲夏的夜，想必不会太冷，正可仰观天象，享月出东山，银河泻天之胜景，夺被天席地，宇宙为屋之旷达。若实在太冷，便到山顶的寺庙借宿，与佛近卧，身心俱托，或能得道。

身已在山里，山中的硬风里，风中的烈日下，来之前的幻景消弭无踪。山就是山，野地荒天。修行即苦。

背着行囊，拖着自行车，我在山坳里探察，不时拨开高矮疏密的灌木丛。目测的绝佳位置没有出现预期的山洞，环眺的山峰褶皱没有设想的洞窟，失望比预料中来得沉重。山涧中，风呼啸。越过一道山脊，迎头撞见西天上，夕阳斜靠白云边。

西天下的蓝山，像一座宏伟的寺庙，太阳是光芒四射的金顶。金顶缓缓沉降，自东向西，由远及近，依依收回远铺大地的辉光，沉寂寥廓，浩瀚磅礴，无声无息，像辽远的空中传来暮鼓晨钟的混响。山下的雅鲁藏布江在平原上匍匐蜿蜒，深沉轰鸣，宛若金龙伏地。

"见龙在田，利见大人。"《易经》里的"乾卦"蓦然现于眼前，我心中陡然一震。"天行健，君子以自强不息——天行健，君子以自强不息——天行健，君子以自强不息。"默念三遍后，恢复了些被失望和焦虑内耗的力量。

突然，我回转身，一道人影矗在高高的山脊上！转身之前，我心里无端有感，及看见是人，仍猝不及防。一个趔趄，我险些丢掉自行车。他身穿深色衣裤，长发、浓须，高壮，正眺望夕阳。明亮的光芒打在脸上，他眼中放出异样的神采。是个藏族汉子，而穿着气质不像牧民。

太阳完全隐没在山后，天空大地像忽然间被抽走了灵魂，空寂清凉。汉子收回远眺的目光，朝我笑笑，牙齿白净。

"你是游客？"他问。普通话很标准，略微带点儿翘舌的尾音。

"算是吧。"很久没开口说话了,已经丧失了交谈的欲望,但我不能不说话,在这陌生的地方,面对一个陌生的人。

"你在欣赏落日?我也在习惯落日,差不多。"他似乎并不期待我的回答,且后半句声音低沉,仿佛不是说给我听。

"我在找山洞,要在这过夜。"我不明白他的"习惯落日"的意思,只觉得有些深沉,一个藏族人还要习惯西藏的落日?我不由得定睛看了看他,黝黑的面庞遮不住沧桑和凝重,但凭直觉他是友善的——在这个修行圣地。

"找到了吗?"

"还没有。"

天光转为青白,云块褪掉了色彩。

"寺庙旁有个小店,可以住宿,只是床位有限。"

"我不想住店。"

"哦。如果天黑了你还没找到山洞,你再回到这里。"

我怔住，疑惑地望着他。

他很平静，也望着我，透出真诚。

"夜晚很冷，不能露宿，我带你去一个山洞。"

四下环望，皇天后土，修行圣地！我突然生发起一股不管不顾直面一切的豪勇之气，像平静的沼泽突然爆裂了一个响亮的气泡，一破近日之颓唐。

"现在就带我去。"

"好，跟我来。"

他转身，我扛着自行车跟上。他比我略高，看样子比我年长，肩宽背阔，十分壮实。

越过山脊，在崎岖芜杂中磕磕绊绊。他脚步稳健，我堪堪跟上。绕过一片湿地，在一块高高竖立的天然石屏后，现出一道窄窄的洞口。于人而言，几乎算不得洞口，只一道促狭的石缝。我蹲下身，洞口略高于头。借着天光，定睛细看，确是一个石洞。一眼可见洞底，洞内比洞口宽敞，较一顶双人帐篷大不太多。里面铺着些柴草，柴草上是一块防潮垫，角落堆着睡袋杂物，洞壁粗糙。

"我晚上睡在里面。"藏族汉子顿了顿，"容得下两个人。"

"谢谢你,让我借宿。"我心下感激,真诚道谢。

他微笑,眼角堆起温和的皱纹,显出与年纪不相称的慈祥。倏地,我觉察到异样——他看我的时候,仿佛是两个人在同时看我,那两只眼中的光,一只无情,一只热情。

我把自行车固定在石头旁,卸下背包,掏出睡袋,丢进洞里。

"要煮点东西吃,晚饭。"他弯腰低头进洞,左手提一个白塑料桶,右手端一口小锅,半蹲着身走出。

"好灵活。"在大学里,我也曾积极健康,坚持每天锻炼,有结实的胸肌腹肌,耐力也不差,但我自愧在这个低矮的山洞前还做不到如他一般,便由衷地夸赞。

"习惯了。"他蹲在洞口旁,起锅架灶手中不停,音色浑厚。

"有饼子,"我拍拍背囊,"有好几个,够我们两个吃。"

"要生火,吃点儿热的食物,山上冷。"他蹲身,架好石块,堆拢细柴,燃起一小堆火,置锅于灶,倒入桶里的清水。

火堆的位置选得极佳，风吹烟散，没有一丝飘进洞里。他起身，从腰间抽出一把明亮的短刀，约三十厘米，对我说："我去收割一些粮食。"转身离去。

他拔出刀看向我的时候，我心中一紧。藏族人都带刀的。他的刀很贴身，我之前没有发现。我捏捏背包侧面，里面有一把匕首。我掏出装饼子的塑料袋放在一旁，摸出匕首，装进右边裤兜。蹲在灶前往锅底添柴。

他回来了，左手提着一兜东西，右手空空。我起身让开，他弯腰将东西倒入沸腾的锅里，用一根细木棍慢慢搅动，继而蹲下往火里加些粗柴。刀已入鞘，刀柄支在腿侧，随手可抽。

山风果然冷，尽透衣衫，我们就着火堆。红光映在两人脸上，明灭不定。他抬眼，目光碰到我盯着刀的视线又自然地划向锅里。

"这是霍麻，就是那些长在路边，不小心就会隔着衣服蜇到你腿脚的长刺的草。有小毒，嫩尖可以煮来吃，煮熟了，刺也就软了。米拉日巴尊者闭关修行的时候就吃这个，整个身体都吃绿了。"他缓缓地翻搅着锅里的内容，缓缓地讲解。随即返身入洞，摸索翻找，出来时，拿着两个木碗和一个小口袋。木碗放在地上，解开小口袋，抓一把粉末细细地撒进锅里，边撒边搅。腰刀不见了。

"这是糌粑，我们做点菜稀饭，纯天然绿色食品。"他看着我，咧开嘴笑，火光照着他胡子下白白的牙齿。

风里飘着烟火香。他端起小锅，将菜稀饭倒进两个木碗里："碗是干净的，洗过的。我一个人的时候，一个用来揉糌粑，一个用来喝水喝汤。"他笑着说："吃吧，味道不错的。"

我确实很饿了。入乡随俗，恭敬不如从命……不能拒绝，无法抗拒，我掏出大饼，递给他一个。他很自然地接过，说："很久没吃饼了。"

折两段树枝作筷子。味道的确不错，混合着青草和炒面的香气，像他说的一样，煮熟的霍麻无刺，绵软，比普通的蔬菜多一些青草香。

火堆，热饭，山洞，伙伴。身上心里都暖了。吃罢，他开始清洗锅碗，我表示要搭把手，被伸手阻拦："就这么小小的三件儿。"清水从塑料桶里细细地注入小锅，他薅一把青草叶，仔细地擦拭着锅壁里外，锅洗干净了，然后是碗。他专注、平和，仿佛有无穷无尽的时间，而在这无穷无尽的时间里所唯一要做的事情就是清洗手里的小锅和小碗。

洗罢，他敏捷如前，双手端着洗好的锅碗、水桶，半蹲着进洞，说："要收起来，夜里有野兽。"声音在洞里瓮声瓮气，增添了几分浑厚。

我们坐在火堆旁仰望夜空。苍穹深蓝高远，壮丽恢宏，美得惊心动魄。天幕笼罩大地，银河撕裂宇宙，紫色星云翻卷，繁星挥洒如沙。天地息声，万籁俱寂。悬垂的天际与连绵的山脉严丝合缝。我被禁锢在一匹亘古长存的巨兽的目光下，压抑、渺小得不敢放声呼吸。

星空如海，山风如水，火光飘忽。这一切都不像真的，像在梦里，直到夜色从外到内把身子浸透，我禁不住剧烈地颤抖。

我望向藏族汉子，他收回凝望夜空的目光，说：

"进洞去吧,会冻生病的。"他用一根木棍拨弄着火堆,确保余烬全熄。

一个西藏本地人会长久地凝视寻常可见的西藏的落日和星空,他应该是一个奇异深邃的人。

"小心碰头。"我随他入洞,他叮嘱的话音未落,我的头便碰在洞顶嶙峋的石壁上,生疼。

铺好防潮垫,钻进睡袋,洞里很暖和,我哆嗦的身体渐渐平复,长久以来压在心底的沉郁有一些松动,睡在这个藏族汉子身边,隐隐有一种比安全感更强烈的感觉。我不愿承认,但心里明白,那是一种信任、依赖甚至……幸福感,之所以强烈,因为有陌生和冒险的刺激。我孤独得太久了。

"我叫阿东。"这几乎是我两个月以来第一次有意愿主动说话。

"朋友们都叫我阿布。"他说,"我小时候在草原上也遇到过一个叫阿东的人。"

"那应该不是我。"我笑着说。

"哈哈,当然不是,那时我还是个孩子,他已经是成年人了。"

洞内漆黑，我平躺着。神经放松下来，脑中突然冒出一句话，"两个第一次见面的人，第一晚就睡在了一起——西藏是个好地方。"那是拉萨东措客栈疯人院房间墙壁上的一句涂鸦。大约写这句话的人描述的是艳遇吧，我却是另一番境遇。

"来西藏旅游？"阿布对着洞顶说。

"也不算是……失恋……各种不顺吧。"

"痛苦，迷茫？"

"嗯……很颓废……恨。"

沉默。

"觉得什么都没有意义，甚至想要杀人？"阿布说。

"你有过这样的感觉？"

阿布沉默良久，说："我杀过人。"

"你是逃犯？"我不掩饰自己的震惊，但并不害怕。

"不是。"他又沉默，"没有人知道我杀了人，被杀的人也不知道，除了我师父。"

他的话听着很……玄，但又不像在故弄玄虚，一种沉痛和悔恨在洞里弥散,比夜色更凝重。

"恨像树的种子一样,会长得比预料中的更强大,一般人承受不起。"

"道理我懂,可是……需要时间。讲讲你杀人的故事?"

洞外突然传来窸窸窣窣的响声,我一惊,翻身趴着,轻轻地拉开睡袋拉链,企图在遇到危险时能有一战之力。阿布也翻过身。从洞口望去,天空狭窄,繁星密布,像收不到信号的电视屏幕上的雪花点。

窸窸窣窣的声音在洞外不远持续响动。阿布从容地望着漫天星星,慢慢地、稳稳地讲故事。他的普通话讲得很好,语言也很好,听得出他读过很多书,思考过很深刻的问题,似乎他就是故事本身。

故事如水,淌入虚空。

二　流年

是野兔之类的小动物，它们经常来。即便是大型野兽也不怕，洞口很小。小时候，听老人们讲，以前有些地方的房屋大门会修得很矮，人们需要把腰弯得很低才能通过，不明就里的人以为房子里住的是矮人，可是房子却有着正常的高度。那不是为了防止野兽，是防起尸闯入，起尸不会弯腰。

在西藏，人死后，根据不同的地理环境条件，入葬方式不同。没有森林，高寒冻土也挖不动，亡者无法被妥善安葬，便直接弃置在荒野露天，这种不得已的"弃葬"往往发生在偏远的牧区。这些尸体通常会被绳子捆住手脚，或绑在一块石头上。因为人虽已死，但这一生所造的业障并没有消散，一些尸体会变成起尸。如果村庄里闯入了起尸，就会鸡飞狗跳，人畜恐慌。人们要费很大力气才能让它再次死掉。听老人讲，起尸走路比正常人僵硬，不会弯腰，所以人们要把房子的大门建得很矮小，防止起尸闯入。故事有点儿恐怖，洞里有点儿冷。阿布说，喝点儿酒。

他起身从角落里拿出两个木碗和一个白色小桶，这次的桶里倒出的是酒。他说这是他自己酿造，并加了很多藏药的青稞酒，除湿驱寒，喝了对身体有好处。我本不喝酒，即便在最郁闷的时候也没有借酒消愁的习惯。但此时此地，和一个陌生而不觉疏离的人同处一个小山洞，听他讲古老而神奇的故事，很需要喝一碗。

酒很好入口，有淡淡的药味，一股热流顺喉而下，在胃里凝聚成球，液态的酒球氤氲成一团白色的雾，又燃烧成黄色的火，变幻为通透的红光在五脏六腑间弥散，输送血液的网络管道将能量运抵每一根神经末梢，身体从内到外蒸腾着，暖和开来，热烈起来，呼吸间绵绵不绝地张扬着烟雾，填满了整个山洞，振奋着跃动的神经。我一口一口慢慢地喝，阿布继续稳稳地讲着故事。

我出生在林芝，但我爷爷的家在昌都，他是康巴汉子，成长在一个很大的家族中。我爷爷年轻的时候，是个有名的猎手，打回来的猎物，皮子都能卖个好价钱。他的枪法很好，专射动物的眼睛，剥下来的皮子很完整，没有洞。爷爷的口碑也很好，经常接济一些穷人，在当地是个英雄一样的人物。

我奶奶一共生过六个孩子，前两个都是未满一岁就夭折了。她觉得是上天的惩罚，便去寺庙拜佛，忏悔，回来以后劝我爷爷不要再打猎了，要像别人一样挖虫草，砍木材，养牛养羊放牧为生。爷爷不喜欢干这些，太平淡，不如打猎刺激。但他还是听了奶奶的劝，奶奶说这是佛的旨意。既然是佛的旨意，一定要遵从。他收起了猎枪，封存，洗手，彻底不再杀生。遇到逢年过节需要宰杀家里的牲畜时，他也不动手，请别人来干。

后来奶奶又生了四个孩子，两男两女——我伯伯，我父亲，我的两个姑姑——都活下来了，健康长大。我伯伯长到八九岁的时候，被送去寺庙当喇嘛。我父亲和两个姑姑则在适当的年龄被送进学校。爷爷最宠我父亲。父亲小的时候，爷爷卖虫草，卖木料，进寺庙，几乎不论去哪里，和什么人打交道，都会带着我父亲，单独给他买好吃的，尽可能地满足他的各种要求。在我爷爷的思想里，第一个儿子是佛的孩子，第二个儿子才是他自己的孩子。

父亲长到十五岁时，到达他叛逆期的巅峰。他旷课逃学，四处闲逛，经常几天几夜不回家。爷爷很生气，也很失望。爷爷老了，我父亲也长大了，爷爷管不了他了。爷爷经常到寺庙去，忏悔，做义工，并叮嘱我伯伯好好学佛。

父亲的翅膀硬了，心也更野了，他想飞得更远。一天，他在路上遇到一队朝圣者，他们磕着长头去拉萨。父亲跟着队伍走了，没有任何告别。

磕长头的队伍走走停停，前进得很慢。父亲不是一个虔诚的朝圣者，他不磕头，只帮他们拉车，一起慢慢地走。他不能脱离队伍，他没有钱，又不愿做乞丐。风餐露宿，寒来暑往，到达拉萨时，他已经快十七岁了。父亲后来听说爷爷曾想要到拉萨去找他，因身体不好，走不了远路，没能成行。直到爷爷去世，他们父子都没有再见过面。为此，我父亲一辈子都很自责，他痛恨自己年少时的自私。

父亲结束他第一次的游历回到家里时，我爷爷已经去世。他在我奶奶面前跪下，哭得差点儿死掉。但他仅在家里待了不长的一段时间，又走了。那时，父亲已经有了女朋友，就是我母亲。他们在从林芝到拉萨的那段路上认识，结伴在朝圣的路上走了四百多公里。在拉萨，他们一穷二白，过了一段清苦的日子，寄人篱下，四处打工，受尽白眼。那时候的他们还不到二十岁，只是大一点儿的孩子。后来，他们一起回到了林芝，租房子、挖虫草、捡菌子、打零工、开荒、放牧，白手起家，什么活都做过。

我母亲年轻时很漂亮，也是因为叛逆离家出走，所以父母亲两人性格相投。母亲叛逆是为了逃避她的母亲——我的姥姥。她出走之前跟姥姥大吵了一架，发誓再也不回家。那时候，她十六岁。

母亲是门巴人，家在墨脱。传说我姥姥是村里的"毒王"，会下毒。在特定时候秘密地下毒给那些有福气的人，把他们的好运气转到自己身上来。而母亲读过书，有知识，懂道理，对姥姥这种愚蠢而可怕的行径极其反对。

小时候我曾问过母亲，姥姥是不是真的会下毒，母亲说那是传说。我又问那传说是不是真的，母亲停下手里的活儿想了想说，应该是真的，但她没有见过，也没有见过有谁被毒死。那姥姥是不是坏人，母亲见我一定要问个究竟，她自己也觉得这是个严肃的问题，蹲下来摸着我的头说，世上的人不能简单地分为好人和坏人……都是为了生活，有福气的人里也有心肠不好的人，姥姥不是坏人，她只是信仰了一种宗教……信仰这种宗教的人很多……你可以把这些问题留在心里，等长大了自己去找答案。母亲认真地组织着语言，断断续续。那时候，我觉得母亲把她知道的都告诉了我，也就不再问了，像母亲说的，把问题留在心里，自己去寻找答案。

我家里有佛堂，但母亲并不像父亲或者其他人一样每天虔诚地拜佛念经求福报，她心态平和，平常做事，平静生活。现在想想，我母亲尽管很平凡，却是一个了不起的人，她有自己的人生观，而且是在很年轻的时候就形成了，而这个形成的过程一定极不容易。她读过中学，接受过唯物主义教育，她是信仰苯教的"毒王"的女儿，而西藏又是一个佛教的盛行地。这些不同的观念在她的生活和心里不断产生冲突，她一定遭受过激烈而痛苦的思想斗争，像一叶扁舟在惊涛骇浪中被撕扯，最终坚强地找到了一个能让自己平和的点，并稳固在心中，践行在生活里。

　　下毒是需要学习的，像一门技艺一样有传承，母女相传。其实不只是技艺的传承，更是一种信仰的延续。我姥姥只有我母亲这一个女儿，女儿出走了，她的技艺将失传，她坚守的信仰也将中断。为此，她们母女几乎反目成仇，很多年都没有联系，断绝了来往。

　　直到我哥哥小学毕业，我长到五六岁的时候，我母亲的母亲，我从未谋面的姥姥从墨脱来到林芝找我母亲。见到姥姥之前，她在我心里的幻象是神秘可怕的，是一个恶毒的老巫婆的形象。事实上她的确看上去和其他老太婆不太一样。她很瘦小，但精神很好，眼睛不浑浊，盯着我时闪闪发亮，看得我心里发抖，直想藏起来。她脸上的褶皱里藏着尘土，灰白的头发毛毛蓬蓬，和五色丝线一起编成辫子。厚厚的深褐色裙子的腰际系一块脏兮兮的藏式五色围裙，光着腿杆，没穿袜子，脚上套一双半新的黄胶鞋，没系鞋带，穿鞋带的洞眼空敞着。我母亲说那是姥姥一辈子里唯一一次穿鞋。姥姥进了家门，马上把鞋脱掉，像迫不及待地卸下枷锁。她的脚面扁平宽大，和脚下的大地颜色相同，五趾叉开，脚底长着一层厚厚的胼胝，那模样不像人的腿脚，像野兽，像树根。

　　姥姥是来投奔母亲的。她的丈夫死了，她背负着"毒王"的名声，被村里人赶了出来，而她只有这一个女儿。从此我们家里就有了五口人，五口人和睦相处。父亲打工、放牧。虫草、天麻、贝母上市的时候，他就做点儿小生意，当几个月的二道贩子。姥姥帮着母亲做一些家务，也料理牧场的活计。哥哥读初中了，我在闲散的童年里晃荡。

　　母亲不喜欢姥姥做家务的粗糙，姥姥也不喜欢终日在厨房里打转。她更喜欢野外，喜欢在牧场里干活。和哥哥相比，她更喜欢我，而我也喜欢她，属于两个孤独的人之间的相互安慰。她给我讲无数的故事和传说，可惜当时我年龄小，大多都忘记了。那时候，我觉得她知晓这个世界上所有古老的秘密，认识所有的花草树木，拥有无穷神奇的技能。

母亲曾严厉地告诫过姥姥，让她不要教我"乱七八糟"的东西。姥姥一脸漠然，说我能教给谁什么呢，我什么都没有，自己女儿都教不了。

但姥姥的确教我认识了很多植物，它们的名字和功效，哪些可以吃，哪些不能吃，哪些有毒，哪些没毒，要怎么炮制，有什么作用。她藏着一些瓶瓶罐罐，里面是她调制的药品，她不让我告诉母亲，说这是她和我共同的秘密。有时我被虫子咬了或被割破划伤了，她会随手扯一把草叶揉碎或从那些瓶罐中挖出一些给我涂抹，很管用。有一次，母亲发现了那些瓶瓶罐罐，很生气，用门巴语大声地和姥姥吵架。母亲在家里极少说门巴语，她说拉萨话和林芝的工布话。父亲的藏语则是南腔北调，他和形形色色的人打交道，什么语言都会讲。姥姥指着那些瓶子里的草药问我，是不是曾经给我疗伤，我作证是真的。母亲才没有扔掉姥姥的那些宝贝。但我知道，姥姥还藏着几颗大的鸟蛋，在更隐秘的地方，埋在地底下。

我们家里不养鸡，也很少吃鸡蛋，只有我特别闹着要吃的时候，母亲才会买几个做给我吃。母亲说鸡蛋是生命，吃鸡蛋就是杀生。我说牛羊也是生命，也要杀了吃。母亲说一只牛羊的肉可以吃很久，一年只杀一两头，而鸡蛋则要吃很多，杀很多的生。我心里不服气，说母亲都不经常拜佛，还怕杀生，母亲说拜不拜佛和杀不杀生是两回事。

后来，关于鸡蛋，我才知道其实另有秘密，但也只了解了大概，姥姥不讲给我听，母亲更不会告诉我，这将永远成为秘密，然后消失消亡。

我受姥姥的影响很大，相当大，现在想想，我去学医和后来……杀人，都受到了她的影响。

细细地喝完一碗酒，阿布拿过酒桶，又慢慢地倒满。酒是暖的，洞里也是暖的，洞外的夜寂静清凉。阿布深陷在回忆里，我沉醉在他的故事里，我们没有丝毫倦意。星夜与酒，风和远方，历史与现实交织，往昔和此刻重叠。在青藏高原上一个静谧的空间里，时光凝滞，如漫步在星空原野，如沐浴着极光大海，世事悠长，人间可期。在客栈，能遇到形形色色的人，听到光怪陆离的故事。有人讲在寺庙里与活佛的缘分，展示活佛赠与的串珠，有人讲一路的奇遇和灵异。而与此夜相比，我觉得他们的经历都算不得神奇。

阿布继续讲故事。

我的童年几乎没有玩伴，而我似乎也不喜欢和小孩玩耍，更愿意在野外和草木、昆虫、动物一起待着。不去牧场的时候，我会经常走到家附近的尼洋河边，坐在河堤上，望河水、大山、天上的云彩和太阳。通常一坐就是一下午，痴痴呆呆。

我不下河，也不爬山，不做危险的事。父母便任由我发呆，自己也正好有时间做事。父亲常说，小孩子出神时，心通着佛祖呢。他偶尔有空时，会陪我坐一会儿，笑我说，天天看山，你都要变成石头了，天天看树，你都要变成树了，天天看天，你看见佛祖了么。你怎么不去找别的小孩子玩？我说和那些小屁孩玩儿没意思。他笑，摸摸我的头，叮嘱我要注意安全，要在天黑之前回家，就去忙他的生意了。

姥姥和母亲每天的生活状态我很熟悉，她们往往在家里或以家或以牧场的帐篷为中心进行小范围活动，像蠕虫一样忙来忙去留下透明的轨迹。父亲的生活对我来说很神秘，他的活动范围要大很多，经常东奔西跑却从不带我。父亲的这种做法，和他的父亲对他很不相同。我向外探索的好奇心与日俱增。一天，我沿着河堤逆流而上，走到一片集市一样热闹的场所，也是父亲经常出没的地方。那里有座桥，桥头有大片荒滩地，每年的虫草季，人们会在这里自发形成一个小的交易市场。聚集了藏民、回族人和汉人买卖虫草、天麻和贝母。牧民从山上下来，戴着牛仔帽，穿着已经脏得分不清颜色的藏袍和长裤，面颊黑红，头发胡子粘在一起，指甲里藏着黑泥，粗壮的手指紧紧攥着鼓鼓的牛皮口袋。他们疲惫、兴奋、期待、警惕。

牧民刚一出现，戴着圆白小帽翘着山羊胡子的回族老头，挎着腰刀编着红辫子的康巴人，穿西装的汉人，都快步围了过去。就像巷子里的懒狗看见一块扔出的牛骨头。

他们七嘴八舌：黄草还是白草，哪个山头挖的，后面还有没有人，某某人回来了没有。牧民被狼一样的人群围着，很紧张，抱着牛皮口袋拱起腰背，像母亲护着孩子。他不安地走动，像移动的磁石牵引着铁屑。

人们逐渐安静下来以后，牧民慢慢打开牛皮袋，就像我姥姥小心地给我看她手里捂着的蝴蝶一样。我挤在人群里，踮起脚尖，想看看刚挖出来的虫草长什么模样。看到口袋里是很多带着尾巴的长圆形的黑泥蛋，瞬间失望——一袋子的黑泥巴。牧民用粗壮的手指拈出一个中等大小的泥蛋，小心地剥开，里面现出一条虫子，虫子身体上的纹路、毫毛，脚上的钩刺纤毫毕现，虫身浑圆饱满湿润，跟活的一模一样，只是不动了。虫子的身体颜色鲜黄，头部鲜红，头顶长出一根比身体略长的暗红色草茎。这就是新鲜的冬虫夏草，冬天是虫子，夏天却长成了一根草，这半虫半草的东西却很值钱，我觉得不可思议。人们挤得更紧了，有人踩了我的脚，我生气地抬头，望见他们的眼睛里放着光，就像强盗见到金子，饿狼盯着牛羊，盘旋的秃鹫望着天葬台上剁碎的尸体。

牧民的虫草往往整袋出售，一袋虫草值很多钱。回族人做生意很精，他们是大买家。戴圆白小帽的老头儿捻着山羊胡子，站在外围沉着地看人群和牧民讨价还价不动声色，觉得时机差不多了，就报出一个比别人稍高的价格。最后和背着口袋的牧民一起走开，找一个人少的地方继续讨价还价，完成交易。

我父亲本钱不多，他在这里只做一些短平快的转手买卖。我见过他和一个康巴人做生意，方式古老，神秘刺激。

父亲和康巴，两人的右手握在一起，缩进宽大的袖子里，四只眼紧盯对方，好像要透过眼睛钻进对方的脑子里去。他们的眉毛忽高忽低，脸色时松时紧，袖子摇动，有时是剧烈的摇动，好像在极力挣脱，又像在隐蔽地掰手腕比力气。突然四只眉毛同时竖起，瞪着眼睛，表情狰狞，牙齿紧咬，腮帮鼓起，好像要吃掉对方。突然，两只紧握的手从袖子里猛地抽出，两人无声的斗争变成面对面的大声吵架，说着硬冷的康区藏语，挥着拳头，激烈凶狠。我在远处的角落里瑟瑟发抖，他们的腰里都挎着藏刀，藏刀随着争吵的身体剧烈晃荡，我觉得他们随时会突然拔出刀子砍死对方。

他们没有拔刀，很快停止争吵，愤怒地转身，在集市里各自走动，找别人聊天。转了一圈后，两人又"不期而遇"，哈哈大笑着握手，竟毫无尴尬，两只手又缩进宽大的藏袍袖子里。这次很温和，眼睛不看对方，甚至没什么明显动作，仿佛在用脑电波交流。突然，两张蓄满胡子的大脸上露出笑容，和平友好，一起离开，到一个僻静的地方数虫草和钞票，完成交易。父亲的生意虽没挣过大钱，却也能让家里的生活宽裕一些，那时候他脸上常有明亮的笑容。

此情可待成追忆啊！人一生的快乐时光其实并不少，只是在它到来的时候，我们浑然不觉，它走了，你又以为是永远离开了，其实它不过是换了一副模样。

夕阳和星光都很美好，有几年时间我大量拥有这种美好却憎恨它们，而当我陷入更大的困境，为悔恨而痛苦的时候，却格外怀念那段曾经憎恨的时光。

三　眼睛

七岁那年，我家所在的巷子附近在建一栋楼房，钢筋混凝土的楼房，和我以前住过的石砌木架的房子都不一样，我很想到里面去看看。冬天，房子的骨架已基本建好。一个周末的傍晚，夕阳很美，所有的东西都被照成金色。我哥哥带着我，他平常很少带我，要么在上学，要么在看书，要么去找他的同学。那天下午，我们很开心。捉迷藏，从家到巷子，后来翻过围栏进了那栋钢筋水泥的毛坯楼房。

楼房有三层，房间很多，没有门窗，我们在楼梯上，在各个房间里忘乎所以上蹿下跳大呼小叫捉迷藏。定的规则是轮流躲藏让对方寻找，可在这错综陌生的地方我会害怕，到了最后总是我在找他。我站在三楼，他在楼下间歇地发出怪声，我很慌张，跑下楼梯去找他。

楼梯狭窄陡峭，墙壁粗糙，一些地方支棱着红蓝的电线。在楼梯拐角处，突然迎面走上来一个人，有点儿面熟，我大概认识，是附近一个辍学在家的高中生。我靠着墙壁，让他先走，交错而过时，他阴鸷地看了我一眼。我正要抬脚下楼，后背被狠狠地推了一把。我大叫一声从楼梯上滚下去，脸撞在墙壁上，失去知觉。

恍惚中记得哥哥在抱着我奔跑，边跑边非常大声地哭。我在他的双臂中颠簸着，天空一颤一颤，色彩很奇怪。我对哥哥说我的眼睛里好像长了一棵树，很疼。他不说话，只是大声地哭，拼命地跑，我感到他非常的恐惧，哭得非常恐怖，好像我要死了一样。那天我最后的印象是在家里看到了父母模糊的身影，他们惊乱，不知所措，父亲的脸痛苦地扭曲，母亲浑身颤抖着大哭。我好像咧嘴笑了一下。

接下来的很长一段时间，父亲带着我去了很多地方，拉萨以及西藏的寺庙和藏医院。拥挤的人群，白色的墙壁，戴口罩的医生，冰冷的器具，愁苦的面容，深长的叹息。总是不停地坐车，眼睛蒙着纱布，沉入疼痛和麻醉交织的黑暗，但能清楚地听到人们低沉的对话。医生说，治不好了，眼球破裂，神经受损，没有伤到颅内已经是万幸。活佛说，这是前世的孽报，需要赎罪。

我的右眼，在我惨叫着滚下楼梯时，插进了一根裸露在墙体外走线的塑料管子，眼球破裂，永久失明。

半年以后，蒙在眼睛上的纱布揭开。看着萎缩深陷丑陋陌生的眼窝，我狠狠地砸碎了镜子，大哭一通。我的脾气变得极端暴躁，不说话，不吃饭，摔东西，大喊大叫，狂躁又抑郁，不再单纯和善良。到了读书的年龄，我拒绝上学，经常早上出去在外面游荡一天，晚上很晚才回家。

父亲开始酗酒，母亲经常和姥姥吵架，原本和睦的家，变得鸡犬不宁。一天深夜，母亲和姥姥吵得很凶，家里充斥着一股奇异的臭味，像是打碎了很多发酵的臭鸡蛋。门巴话我已差不多能听懂，从她们的争吵中，我大概明白了：姥姥在制毒，要去把害我眼瞎的那家人全部毒死，母亲极力阻止，把那些制毒用的臭鸡蛋摔碎了。后来是长久的沉默，无声的清扫，隐隐传来痛苦压抑的抽泣。

大约两个月后的一天，父亲对我说，要带我回康区的老家。我很开心，要离开这个让我痛苦的地方了，再不想看见那栋钢筋水泥的三层楼房，再不想看见那些半大的少年。我从没有去过康区，太远了，在一千多公里外。对我来说，那是只存在于想象中的另一个世界，是一个美好的世界。憧憬中的等待带给我快乐。

我问父亲，要在康区老家待很久吗？他说，不会很久。我说我想住一个月那么久，或者一年那么久，要他陪着我。他说，好，我陪着你。我说从康区回来，还想去姥姥的老家墨脱。他说，好，我们去墨脱。

去康区的路很远，印象中坐了几天几夜的大巴车，那时的我从来没想过一个地方可以真的那么远。但我很开心，离开得越远越开心。那是一个美丽的秋天，长路弯曲无穷无尽。山是彩色的，河是绿色的，来自不同地方的人说着南腔北调的话。一路上我睡睡醒醒，分不清现实和虚幻。梦境支离破碎，我哭得很伤心，泪水打湿了头发。我梦见我死了……父亲走了……我很孤独……被狼追逐……很荒凉……掉进深渊……

当一个袖珍小县城在阳光下的晨雾里蒸腾的时候，车上的人们骚动起来。父亲告诉我，到德格县了。

我们在县城外下了车，进行休整。我像在长途颠簸中散了零件的玩具一样，需要重新组装。父亲带我走进一家路边饭馆，喊老板煮了两大碗面条。我疲惫而兴奋，父亲则很沉默。吃完饭，我们在一个小河边洗了手脸，父亲帮我清洗了眼睛，换了一身干净衣服，朝县城走去。

坐了太久的车，走路轻快舒畅。我行走在曾无数次憧憬过的充满祖辈们传奇故事的地方，全然陌生，强烈新鲜，现实与幻想相互印证，感觉很奇妙。大约半小时后，我们在一排盖着两层新楼的小区前停了下来。父亲向过往的行人几番打听确认后，敲开了一家大门。那是父亲的姐姐——我的大姑的家。

这里没有我所无端预想的古老的热情。我坐在客厅沙发上，望着整齐的新式家具，陌生而拘谨。父亲在厨房里和做着早饭的姑姑姑父低声说话。而后，几乎没有停留，姑姑一家人要去上班的时候，我们也离开了。离开之前,姑姑过来看了看我成了黑洞的眼睛,像医生一样问我疼不疼,我说不疼,痒。姑姑应了一声,哦。姑夫则远远地站着。

又坐了很久的车,长路弯曲无穷无尽,山是彩色的,河是绿色的,车上人声嘈杂,味道难闻。我晕车了,吐得厉害,一次又一次,胆汁绿水都被吐尽,我趴在公交车的过道里,一动不动,像死了一样。终于在太阳快落山的时候,我们下车了。父亲背着我,又步行了很长一段路,到了一个寺庙门口。一路上,父亲呼吸粗重,喘得厉害,而我觉得自己的身体虚弱得快要禁锢不住灵魂了。当灵魂和肉体分开一段距离的时候,很多事情变得清明起来。伏在父亲的背上,我像一个智者一样心境平和,头脑清晰。

西藏自然环境恶劣,特别能体现"生存是人的第一要义",为了生存,人们需要凶狠顽强。西藏又是一个佛光闪闪的高原,教义遏制着人们的兽性和贪欲,净化着人们的精神和灵魂,人们更期望获得来世的福报以至脱离轮回。一方面为了今生的生存,一方面为了来世的超脱,已成为无形中的,不成文的,人们在内心深处下意识地遵守的规则。因而，在西藏，有些人特别好勇斗狠，有些人特别淳朴善良，而大部分的人则兼备这两种品质。在藏区，家族内部很团结，曾在康区盛行过的几个兄弟娶同一个老婆的习俗，在很大程度上便是为了增强家族凝聚力。在家族内部，人们可以做到"老吾老以及人之老，幼吾幼以及人之幼"，赡养亲戚家的老人，将亲戚的孩子抚养长大，是再平常不过的事情。但我们家是例外，亲情很淡漠。也许是因为父亲曾经的叛逆和不孝让他们伤心和仇恨吧。我爷爷奶奶死的时候，父亲都不在身边。他少年时离家出走，只在很多年前我爷爷去世后短暂地回来过一次，这次是第二次。

到寺庙了。我知道，寺庙里有我的伯伯——我爷爷的大儿子——当年爷爷把伯伯送到寺庙当喇嘛。他叮嘱他的两个儿子：我们家族祖祖辈辈都是猎人，杀生太多，宿孽深重，从你们这一辈开始，家族里每一代都要有人去当喇嘛。以前的喇嘛是可以娶妻生子的，只是在这期间要还俗。所以当喇嘛的伯伯有两个儿子，大儿子也被送去当了喇嘛，各种机缘巧合，如今其远在印度。二儿子跟在身边,他长到差不多和我这么大的时候,他母亲生病去世了,他基本上是在寺庙长大的,如今给寺庙所管辖的牧场放牧。其实从我父亲这一辈开始,这个家族就已经开始衰败了,花开四面,种散八方,落叶不再归根。人分开了,心也就散了,感情淡漠是必然的。亲人朋友之间要经常联系、经常相聚,关系才会亲密,千里之外的血亲再浓,也亲不过整天聚在一起的邻居。看似偶然,其实没有偶然,一切皆是必然。是因果,是定律,是命运之海里的波涛起伏。一个以杀生为业筑起的高楼,必定在它开始忏悔的时候倒塌。

我不知道父亲把我送到寺庙是不是想要我也当喇嘛。我后来问过父亲,他已经老了,成了一个混混沌沌的酒鬼。他瞪着浑浊的眼睛迷惘地想了想,仿佛在回忆久远的前世,而后语无伦次地先说不知道,又说不是,当年只是想让我离开这个伤心的地方,至于能不能成为喇嘛,要看我自己的造化。他难得在现实中清醒那么一刻,我不再问他,他的一生已经画过了句号,此时的延续只是一些无甚意义的省略。

寺庙庄严坐落，背靠高山，面朝草原。伯伯见到我们，也没有显现出多年未见的亲人之间当有的热情。他平静，但和姑姑的淡漠不同，透着一种修行人的平和。

伯伯是一个老喇嘛了，但眼神明亮，目光深邃。父亲向他问好，不以弟弟向哥哥问候的方式，而以参拜者的身份。他神色平静地对父亲说：你来了。随即将头转向我，盯着我看了很久，垂下目光，喃喃地念了一句经文后，沉沉地说：终究是来了。

当天夜里，我们留宿在寺庙。父亲和伯伯聊了很久。他们用的是小众的老家方言，声音低沉，我听不懂也听不见，沉沉睡去。

第二天，父亲带着我里里外外转了转寺庙，在草原闲逛。他告诉我，伯伯很有学问，佛法造诣很高，非常受人敬重，让我把伯伯叫师父，好好跟他学习。是要我当喇嘛吗？父亲说不是，是学知识。我想，我有个师父了，而且是我的伯伯，一个和我有血缘关系的人。虽然仍然陌生，但我依然有一种可以依靠的踏实感。

那天傍晚，又见夕阳很美，照着远远近近的青山草原，蜿蜒远去的小河波光粼粼，寺庙雄伟庄严，金顶佛光闪闪。一个小喇嘛陪我在草地上玩一个黑黢黢的牛骨头玩具。父亲上厕所去了，我在等他。我等了很久很久，直到夜空尽黑，星斗满天，父亲还没回来。

我突然明白：父亲走了！瞬间一道闪电在头脑中划过，心"噌"地裂开了，我真切地感受到体内传来闪电烧焦的煳味儿和裂开时巨大的声响。有种东西坍塌了，我感到剧烈的晕眩，腿一软坐在了地上。无边的黑夜把我包围，一切的陌生新鲜变得恐怖可恨。上厕所！多么古老、廉价、无耻、卑劣的谎言！欺骗了多少无辜信任的童心！我用尽全身的力气嚎叫一声，把牛骨头玩具狠狠地扔向远方，一只流浪狗慢慢地走过去，叼起来，走掉了。我倒在地上，放声痛哭，号啕大哭，哭声飘散在漆黑的草原里。小喇嘛被我的歇斯底里吓到，不知所措，转身跑开。

师父蹲下，轻轻地抚摸着我的头，和蔼地说："阿布，伯伯知道你心里难受，为你的眼睛，为你阿爸的离开，为你心里的各种委屈，你还这么小，却要承受那么多苦难,伯伯也替你难过啊。你要是觉得哭了以后心里好受一些,就多多地哭,大声地哭,把委屈都哭出来。"我很伤心,却又说不清为哪件具体的事情而伤心,就只觉得非常地难过、可怜、伤心。我哭得喘不过气来,缺氧倒在地上弓着身子,张大嘴眼望着深黑的夜空。伯伯的话像银河般的洪流涌进我哭空了的心里,又像月亮映在每一孔桥洞般精准地抚慰我的每一处心伤,又像久违的阳光射入黑暗的心房。我感到温暖、明亮、踏实和缓缓的平和,同时还有极度的虚弱。累极了,生活还未真正开始,而我已经不堪重负,真想就此一睡不醒。

我醒来时,发现自己躺在一张藏床上。鼻息间有醇厚的藏香,耳畔传来低沉的诵经声,千百盏酥油灯明亮的金色光芒映照着肃穆的佛像。我意识到这是在经殿中,随即传来伯伯的声音:"阿布醒了。"他就在我身旁,和他一起的还有几个喇嘛。

他叫人打来水,细细地为我洗脸,用一块洁白的毛巾擦干净,然后拿出一个纸包。

"这里面是药粉,我吹一些到你的眼睛里,会有些儿疼。"师父一边拆开灰色的牛皮纸包,一边沉静地说。

"会把我的眼睛治好吗?让这只眼睛长出,像原来一样。"我急切地问。

"以后会好的,不要着急,要很长时间。记住,你再不能哭了。"

"记住了,师父。"他是我的伯伯,更是我的上师,我须身心顺从,谨遵教导。

师父叮嘱我闭上左眼,让我睁开的时候再睁开。我紧闭左眼,陷入黑暗。只听见他轻轻吹了一口气,一些东西飞进右眼窝。瞬间像一颗炮弹落入并爆炸,我的头内"轰"的一声,身体不由自主地向后栽去,一只有力的大手扶住了我的肩膀,我条件反射地抬手想要揉搓,被另一只手抓住胳膊。呼啸的狂风从眼洞里涌入大脑,巨大的轰鸣声和耀眼的白光在脑子里奔突,大火熊熊燃烧。我禁不住大声号叫,拼命挣扎。突然,炽热的感觉消失,眼睛里变得清凉。我回到了现实世界,又能听见浑厚的诵经声了,宁静祥和,如沐金光。我似乎在一种从未有过的平和喜悦中渐渐飞升。诵经声不知何时停止了，一块温热的毛巾擦拭着我的脸颊。师父说："可以睁开眼睛了。"我睁开左眼，灯火幢幢，又闭上左眼，仍是黑暗。我说："师父，好疼。"师父说："疼痛是磨难，人都要经历磨难，经历磨难才能消除业障，去睡觉吧。"

小喇嘛带我去了一个禅房住下。

四　冬天

第二天起，我和其他小喇嘛一样，每天盘腿念经，做力所能及的杂务。寺庙对面的一座山顶上有一眼清泉终年流淌，寒冬不冻。传说是一位以前的活佛用神通开发出来的，以便闭关修行的喇嘛用水。师父给我发了一个背水用的木桶，我负责每天去山上打水背回寺庙。山路难行，水很冷。我只能背半桶水，路上走走歇歇，肩膀被绳子勒得红肿，腰酸背疼。

我带着满腔的抱怨问师父："为什么别的小孩不用去背水。"

师父说："每个人的境遇不同，要经历的磨难也不同。你要尽快让自己强壮起来，身体强壮了，灵魂也会变得强壮，才能更坚强。"

师父很少主动和我说话，但他说的每一句话我都特别信服，铭记在心。师父对我很好，在生活上也相对更照顾我，我感受到一种血缘联结的温情。

可背水是真的累，水桶虽然比我矮，可装了水以后就重得像一座山。我的每一天都在绝望中度过。但是，我不能被水桶压垮，不能向痛苦妥协。

一个月后，我仍在背水，但我已经可以背动一桶水了。天气越来越冷，我有时会在河道里的冰上滑倒，有时会在下山路上摔倒，水洒了，回去重新装满。衣服湿了，脱下来拧干。冷了，搓搓手跺跺脚。疼了，咬咬牙。无论怎样，我都倔强地一声不吭，我越来越强壮。如师父所说，身体强壮了，人也会更加坚强。

寺庙里喇嘛很多，每个月需要的各种补给也很多。我师父的小儿子便是负责给寺庙运送糌粑、酥油、酸奶和干肉等各种补给品的其中一人，按辈分我该叫他堂兄。师父向我提到过他，说这个儿子在他母亲去世以后，就离开家，先是住在寺庙，后来便经常住在牧区。一个半大的孩子，失去了母亲，又长期一个人孤零零地生活在草原上，久了，脾气变得非常古怪。让他读书，不去，一点儿也不喜欢读书，经常旷课、逃学。让他学佛，不学，不喜欢寺庙。尽管师父对他非常生气，但更多的是歉疚，失望，也无奈。

我见过他两次。初见时，他敞着藏袍，宽松的牛仔裤吊在胯上，腰间的藏刀随身晃动。长发披肩，留一抹浓黑的小胡子，眼神狂野又阴鸷。他伸长粗壮的手臂从牦牛背上装卸货物时，俯仰之间简直就是一头直立的棕熊。师父指着我对他说："这是你堂弟阿布。"他停下动作勾着头看我，冷冷的眼白里布着一道道红血丝，黑眼珠里的瞳仁像淬了毒的匕首般锋利，他的手缓慢无声地从牛背上的筐子里摸出一块风干肉递给我。我接过，低着头慢慢转身走开。他有粗壮的手，粗壮的腿，粗壮的身体，有野兽一般坚硬的眼神。他腰里晃动着长长的藏刀。我的心紧缩成一坨，打了个寒战。

他问师父："这个小不点要和我到牧区？"

师父说："是，过了这个冬天，你们一起去。"

他又上下打量了我一眼，抽了抽嘴角。

念经很枯燥，我不认识字，经文的意思不能完全理解，便只机械地随声唱诵。师父给众人讲经时，我认真地听，渐渐地也记住了一些经文故事。可我更喜欢干活，心里隐隐悬着危机感，觉得要像师父说的那样，尽快让自己变得更加强壮起来。

每天背六桶水，对我来说已经轻松平常。不再摔倒，更不哭泣。从林芝来时穿的鞋子，鞋底已经磨破。如果不是因为天太冷，的确冻脚，我倒宁愿像姥姥那样不穿鞋，鞋子让脚变得娇气，让人变得软弱。而我需要强壮，强大！我向师父提出要每天少念一些经，多干一些活。师父同意了，让我去劈柴。

劈柴的斧子都是为成年人准备的，我与斧子简直就是螳臂与车，一开始完全驾驭不了。劈飞的木块崩在身上，手心里磨出水泡，胳膊疼得抬不起来，我都忍着，一声不吭。我尽量小心不让斧头劈到腿脚，那将会是重伤。难是很难，但我不惧怕，我会像征服水桶一样征服它。

师父每过十天会给我的眼睛上药，药是他采集各种矿石配制研磨而成的藏药粉，能让我受伤的眼睛内部组织不至于慢慢腐坏。那些细细的粉末飞入眼洞，仍然非常疼，脑袋里轰鸣，像火山爆发，像森林燃烧，像大海翻滚，极热又极冷，像在利刃下受刑。而我已经能盘着双腿，端坐不动。我越来越像石头，像刀，坚硬，锋利。

藏历新年过了，高原大地还未解冻。草原依旧枯黄，河水依旧冰封。棕熊堂兄又一次来寺庙运输给养的时候，师父让我跟他去草原。清晨，师父将我和堂兄叫到经殿，他敷座而坐，我和堂兄各自坐在一张藏床上。师父打开放置在手边的一个背包，依次拿出一包药、一双胶鞋和一把藏刀。师父说："以后你自己给眼睛上药，十天一次，把药粉倒一点在手心里，扣在眼睛上，用嘴角猛吹一口气。如果眼睛进了水，要及时上药。你会走很远的路，要保护好脚。草原上有野兽，要带着刀。你还小，也不是猎人，如果运气不好碰到狼或者熊，能逃就逃，骑着马逃，损失几头牛羊没有关系。如果逃不掉，要运用你的智慧，当狼或者熊扑过来的时候，你要站稳，双手握紧刀柄，刀尖对着它的心脏，利用野兽自身的重量杀死它们。"师父顿了顿接着说，"阿布，你将来会去做大事，救人性命，不会当喇嘛。跟着你堂兄到牧区去，你会吃很多苦……但不要恨……发生的都是注定要发生的事……记住，绝对不能用这把刀去杀人，想都不能想。"这一番话师父说得很郑重，也很沉重，说完喃喃地念诵了一段经文。转而又郑重地叮嘱堂兄："阿布是你堂弟，他到牧区是去帮助你的，把你会的都教给他……诸恶莫作，恶因必有恶果。"

师父的嘱托像念经，又像在念诵古老的预言，低沉的声音联结成一幅幅模糊的画卷快速展开又飘过，我感觉自己像一段接通了电流的导体嗡嗡作响，而后每一个字句都如巨大的石块一样整齐地码在我心里，组成我的身体和灵魂。而堂兄坐在一边，半张着嘴，眼神木然，不知望着哪里出神。

吃罢早饭，我和堂兄一起赶着牦牛去牧场。远方的山连着山，河流变成一条渐渐消失的线，天空很蓝，很深，没有一片云朵，空空荡荡。恐惧像老鹰的爪子深深地刺痛着我，我紧紧地抓着背包，里面装着药、鞋、刀、干肉和糌粑。背包，总是意味着离别，我想起林芝的家，外婆的身影。回头望，师父在身后向我们招手，我的心脏像被斧头重重地捶击，痛得呻吟了一声。我们走远了,师父仍站着,双手合十,挂着念珠。

路很长,我们跟着牦牛一步一步行走在枯黄的草地上,绕过了一座又一座山。过河的时候,堂兄抬起他粗壮的手臂指了指一头牦牛的背,示意我爬到上面,牦牛很温顺,它的背宽阔柔软又温暖。蹚过了河,堂兄又示意我爬下来,我很累,很依恋牛背,不想走路,想一直趴着。他就站住,冷冷地盯着我,越来越冷,瞳孔像将要出击的野兽的瞳孔一般越缩越小,我的心仿佛也陷入其中被越缩越紧,恐惧压迫得我快要喘不过气来。直到我下来,他才继续前进。他像牦牛一样沉默,像风一样凌厉,像藏獒一样可怕。他是我一生的噩梦。

走了整整一天,我觉得自己快要死了,山、水、天空和脚下的土地,都在颤抖,变得模糊、虚幻。傍晚的时候,我看到远处似乎有一顶黑帐篷。

睁开眼睛,我躺在帐篷边的草地上。为什么我会在这里?我不知道,没有解释。我想我是晕过去了。

堂兄卸下牛背上的筐子和口袋,让我拿到帐篷里。

很沉，我跑了几趟。帐篷里基本的生活用具都有。

"生火烧水。"堂兄说。

我累得虚脱，动不了，壮着胆子说："我不会。"我怎能不会生火呢？我的谎言只是为了不被累死，只是为了活着。

他捏了捏拳头，骂了一句笨蛋，自己点燃牛粪，架锅烧水煮茶。

火堆旁，堂兄默默地喝着青稞酒，吃着干肉。我困得牙齿都没力气，咬不动干肉，只喝了几口热茶，吃了一些糌粑。

"睡哪里？"

堂兄指了指帐篷角落黑黑的一卷，继续喝酒。

我蹒跚过去，拉开，身子一歪，扑倒，睡死了。

半夜里，我被冻醒。迷迷糊糊中听见呼呼巨响，以为在刮大风，但又不像风声。突然我一个激灵，我在草原！是熊！周围一片漆黑，我紧缩成一团。眼睛慢慢适应了黑暗，帐篷里物体的轮廓浮现。声音是对面角落一个蜷缩的黑影所发出。哦，是堂兄在打呼噜。我一下子放松，看着对面呼呼作响的人影，有了安全感,又忽然觉得棕熊打呼噜一定也是这样。帐篷里黑乎乎的,很冷,我蹬了蹬被子盖好脚,蜷缩着身子,不去管帐篷外各种不知名的声响。不知过了多久,又睡着了。

太阳越过山顶的时候,我醒了,堂兄翻着身,也醒了。我肚子很饿,爬起来生火煮茶。

堂兄说:"你会煮茶。"

"我在牧场待过一段时间。"

他冷冷地盯了我一眼,哼了一声。

喝过酥油茶,我吃了些糌粑和干肉。堂兄喝酥油茶,喝酒,吃干肉。他指着帐篷外的一匹黄马说:"今天起那是你的马,你要骑着它放牧。"

"我自己去吗?"

"你先去,我后面来。"

"我不知道地方。"

"马和头牛知道。"他指了指远处牛群中最高大的一头牛,又指了指远方说,"绕过那两座山,在一个圆湖边,草很多,你那只没瞎的眼睛能看到。"

黄马在安静地吃草,没有马鞍,只有一条缰绳。

不知道它会不会欺生。牛群黑压压的一片，我渺小得像一只蚂蚁，心里很发怵。

"带上糌粑！太阳下山后回来！别丢了小牛。"

我挎上一小袋糌粑、奶渣，装上木碗和水壶，系好藏刀。当壮着胆子向牛群走去的时候，我有一种奔赴刑场的悲壮，不想进，又不敢退。

黄马很通人性，打个响鼻晃晃脑袋，对我这个小个子新主人没有敌意，没有反抗。我牵着缰绳向前走，黑压压的牛群也跟着移动。我用一条绳子牵动一座山。

牛群走得很慢。我抚摸着黄马的鼻子耳朵，轻轻地对黄马说着讨好的话，感到完全没有威胁后，翻身骑了上去。很久没有骑马了，但我不是个生手。马很聪明，它第一时间就能感知到背上的人会不会骑马。和马儿达成了初步的默契，我对未知的前途没那么恐惧了。回头看了看帐篷外的堂兄，他坐着喝酒，像一条蜷缩的狼，一只蹲着的熊，一头蓄势的牦牛，我觉得他随时会暴长成一头巨兽，瞪着像夜间灯光下马儿一样红色的大眼睛，胳膊上鼓着一坨坨黑铁一样坚硬的肌肉，龇着野猪一样惨白的獠牙，用鹰一样尖利的爪子钩住我的肉，把我扔进嘴里咬碎吃掉。离他越远，越放松，越安全。我骑着黄马在牛群周围游荡，把调皮的小牛赶进牛群，不让它们乱跑掉队。和牛马在一起，我感到安全快乐。

将至中午时分，在绕过两座山后，出现了一个小湖，一个圆圆的深蓝色的小湖。湖边的草虽然也是一片枯黄，但很茂盛，还没有被牛群啃过。牛群不再前进，停下来吃草喝水。太阳底下，食物丰盛了，它们慵懒着，小牛撒着欢儿奔跑。

我骑着马绕湖慢跑，一圈又一圈，我在熟悉环境，我在无所事事。这片兀立的小湖深深吸引着我，神秘！可怕！我要跳进去！强烈冲动！牛群在漫不经心又永不厌烦地吃草，一群大嘴同时咀嚼，发出低沉的沙沙声，像一群神秘可怕的东西正贴着地皮移动，随时准备发起猛烈偷袭。我神经紧张，警惕敏感，东张西望。然而，什么都没有来，风轻日暖，四下祥和。

牛一点儿也不无聊，好像这就是生命的全部。我情不自禁地打了个长长的哈欠，扑倒在草地上，翻几个滚儿仰躺着，阳光照在脸上，天空盖在大地上，我迷迷糊糊。沙沙声走远了，我爬起来骑着黄马追上。肚子饿了，我揉一把糌粑，嚼点儿干肉，太阳要下山的时候，我悠悠地赶着牛群返回。

堂兄不在帐篷里，我不知道他去了哪儿，不知道他晚上会不会回来。我很怕他，但更怕草原上黑黑的夜。黑色的帐篷和我，兀立在空旷的草原，牛群在远处发出轻微的沙沙声。天色越来越暗，周围越来越静，遥远的地方隐约传来野狼的嚎叫，我觉得自己在发抖，我盼望他快点回来。

我捡来几块牛粪，生火煮茶。火光温暖，驱赶了藏匿在黑暗中的恐惧。天已完全黑透，星星洒下微薄的冷光，堂兄骑着马回来了，一身酒气，人已醉透，随手扔给我半只熟羊腿，从马身上滑下来，爬到帐篷里，倒头睡去。

放牧比在寺庙里背水劈柴轻松，也相对自由，和黄马、牛群在一起，我也不再显得那么孤单。第二天，堂兄还没睡醒时，我已经骑着马儿赶着牛群走远了。

牛群并非一直安静温顺，偶尔也会出现骚动，且往往是大阵仗的骚动。春色还没映入眼帘，春意已经在牛群中弥漫开。公牛开始为争夺母牛打架,那么大的块头,那么长的犄角,那么圆的眼睛,它们壮硕的身躯跑动起来,整个草原都在震颤。巨大的坚硬的牛头在急速奔跑中对撞,声音像低空中打了一声闷雷,我很怕它们会撞死。有的牛角就是这样被撞断的,断角是耻辱的标记,断角者将注定一生悲惨。有时争斗一触之下即分胜负,咚地一声石破天惊,乾坤既定,有时会持续一两天,战斗变得惨烈。失败者夹着尾巴垂头丧气地走开,胜利者昂首阔步傲视群母牛。开始时我看到它们打架很害怕,远远地骑在马上观望而不知所措,但很快就习惯了。我喜欢看它们打架,看它们打架我热血沸腾。

五　春天

　　直到后来，有多少头公牛，多少头母牛，多少只牛犊，谁是谁的情儿，谁是谁的孩子，我都能分清楚。我知道哪些牛老实乖巧可以骑，哪些牛脾气暴躁要远离。我给每一头牛都起了名字，毛长的像姥姥的裙子，就叫围裙，角短的叫短角，肚子大的叫胖子，长得难看的叫恐龙，还有叫格桑花和狗屎的，乱七八糟。反正它们也不懂是什么意思，反正叫它们的名字，它们也不理我。有时我会和小牛一块儿赛跑，口渴的时候也会咬着母牛的奶头吸奶喝。

　　在和牛群待了五六天后，我就对它们很放心了，它们不会乱跑，似乎也没地方乱跑。我躺在草地上，晒着暖暖的阳光，听它们沙沙地吃草和慢慢移动脚步。它们习惯我，无视我，不会踩到我。但躺得久了，会被它们远远地甩在一边。不用担心，我可以放心地睡觉，睡醒以后再慢慢地追赶。

日复一日，在山水间阳光下的草地上睡觉成了我放牧生活中不可或缺的仪式，有时睡着了还会做梦。梦，总会醒的。

一日，我正大睡，突然肚子被狠狠地重击。惊骇地睁大眼睛，一个高大的影子遮挡着太阳。我又吓又痛，分不清是现实还是梦境，看不清是人是鬼还是野兽，我挣扎着想站起来却动不了，被一只巨大的脚死死地钉在地上。我发出极度惊恐的非人的叫声。继而两只大手像铁爪一样扣住我的头和脖子拎起，又狠狠地摔在地上。这一切发生得太快，就像两只牛头咚地撞了一下，我渐渐要昏死过去。阳光很刺眼，在疼痛的恍惚中，我闻到浓烈的酒味，听到堂兄大声吼叫：让你睡觉，让你偷懒！下次再敢偷懒，我打死你！

我没有死，醒来以后趴在草地上，全身疼痛，嘴里有血。不是噩梦，是真的。

我再不敢睡觉了，经常骑在马上四下张望。那个堂兄，比野兽更可怕。他带给我的恐惧远远大于夜晚睡在帐篷里给我的安全感。我希望他去寺庙，去喝酒，去找女人，去干什么都行，永远不要回来。我觉得他去找女人了，是因为我有天早上起来的时候见过他手里抓着一件女人衣服。

应该是肚子里的什么内脏被他踩坏了，吐出的唾沫里带着瘀血，特别疼的时候，我觉得自己会死掉。但我没死，过了几天不疼了。我想起师父说过要我变得强壮的话，就开始锻炼身体。我要强壮！我恨！

没人教过我该怎样锻炼身体，我在草原上胡乱地奔跑、翻跟头、做俯卧撑、蹲下起立、朝远处扔石头，做所有让自己感到吃力的动作。一段时间后，我感觉自己已经足够强壮，四下寻望，可草原上没有人做对手。牛！找牛打架，找小牛打架！牛，是真的强壮！即便是小牛！一开始，小牛为摆脱我的纠缠，不耐烦地抬抬腿，我瞬间跌倒。我鼓足胆量挡在小牛身前，它一头撞过来，我人仰马翻。我一翻身骑在它身上，被它暴躁地甩下。但我的精力越来越充沛，我喜欢上了每天和牛的战斗，眉开眼笑，而且我感觉到，牛也喜欢，撒着欢儿和我玩。我们越来越默契，我越来越强壮。

一年以后，我已经可以把几头好欺负的小牛摔倒，能灵活地躲避急速冲来的牛头，并像西班牙斗牛士一样潇洒转身。然而总有惹不起的牛，母牛会护犊子，转过头来瞪眼睛吓唬我。我还不敢招惹大牛——可我早晚要挑战大牛试试。

牧场里要干的活儿很多，不止放牛、牧马，还有捡牛粪、挤牛奶和打酥油，把打好的酥油存放好，积攒到一定数量带给寺庙。堂兄不去游逛而又心情好的时候，会去放牧，留下一些母牛让我挤奶。挤牛奶还算轻松，打酥油很累。酥油桶是古老而传统的木桶，几乎和我的身体一般粗细，只比我略矮一点儿，打酥油的时候我要站在石头上才能使上力气。高高的酥油桶里能装一整桶牛奶，我要不停地拔高、压下，上下抽动活塞一样的牛奶搅拌器，打一千多次才能做到让洁白的牛奶油汁分离。一层纯净细腻颜色金黄的酥油静静地漂在桶里，缓缓地旋转。我手臂酸胀痛得不知道该垂着举着还是架起来，可心里深深地惊叹：纯白的牛奶里竟然被我打出了黄金，这种成就感让我深深享受。等手臂恢复了力气，我用一根绳子做辅助，缓缓地倾斜酥油桶，将酥油倒在一个铁盆里，静置，凝固，折叠，挤压，将酥油中残余的奶汁彻底沥干，再将它们装入薄薄的羊肚中，一袋一块地码放、积攒。打酥油让我变得强壮、强大。一段时间后，我的肱二头肌和肱三头肌明显鼓起，大腿和小腿更加粗壮，同时我变得更有耐心，更有毅力，一股强大的力量在身体里缓缓升起、蒸腾和弥漫，如金黄明亮的酥油一般通过血管输送到心脏、肌肉、眼睛、头发和灵魂里。看着远处健硕的牦牛以及它们瞪大的眼睛，我心中陡然升起一股巨大的豪气，似乎只要我愿意，就可以一膀子将迎面奔来的牦牛撞飞到半空中。我已经不再担心会不会被堂兄打死，或许，我有足够的力量和他打一架了，并且，我似乎看到他被我撞飞到空中时那种惊惧而不知所措的眼神。我想，我的脸上正挂着邪恶的胜利的笑容。

我在幻想中膨胀得越来越厉害，那些牦牛的温和眼睛变成堂哥充满杀气的眼睛，牦牛长长的弯角变成堂哥粗壮的手臂。我直视它们，呵斥它们，挥手、跺脚、蹦跳和投掷石块,在幻想中战斗,在脑海中杀伐,直到它们变成灰色,低下头扭转身,颓败离开。我打败了它们,我打败了他!

终于!战战兢兢的我终于在堂兄面前抬起头来,昂着高傲的头颅!瞪着挑衅的眼睛!顶撞他!挑战他!能怎样!会怎样!

来了。他的目光狠狠地咬紧我,一步步向我走来。他伸直手臂用一根手指指着我,紧紧收缩的瞳孔里燃烧着阴沉的怒火——他在嘶吼,无声而愤怒地嘶吼——不可饶恕!不可饶恕!我像将要对付小牛一样摆好了战斗姿势。他大概觉得可笑,轻蔑地冷哼一声。伸出铁爪一样的巴掌一把扇过来,被我躲开,但接着就是一脚踹来,我像被一棵大树撞在肚子上,飞了出去,躺在地上弓着身子。他不急不缓地走过来,弯腰从地上抓起我,像抓起一只空口袋拎在空中,一膝盖顶来,我飞起,落在地上滚了两圈,接着又是一脚。我张大嘴,空气像无形的固体,无法吸进胸膛,我感觉眼珠子要爆出眼眶。终于能呼吸了,我大口吸气,我咬着牙,不哭,不叫,眼里蒙了一层红色的血雾,心里只有恨！那一瞬间，我想抽出刀，爬起来和他拼命，砍他！刺他！但我没有，师父的面容浮现在脑中，他说这把刀绝对不能用来杀人。他知道，我会有这样的境遇！他知道我想杀谁！他什么都知道，什么都预见到了。我颓然。

这一次，我躺了两天，发了高烧。这两天，我滴水未进，生活在另一个世界，一个旋转不停、神秘深邃、波澜壮阔、磅礴浩瀚、颜色多彩、绚丽非凡的大世界里。我从未见过这么多的颜色，大块大块纯净的紫色、明亮的黄色、红色、纯净漆黑的黑色、蓝色，比蓝天要深邃得多、纯正得多的蓝色，比彩虹多得多的颜色，我叫不出名字的颜色，比寺庙里的喇嘛画的曼陀罗还要繁复的图案。它们交织在一起旋转着向无尽的深处延伸，一个极深极深永无尽头的旋转着的长长的隧道，各种颜色交织扭曲在一起而又界限分明，似乎遵循着一定的规律。隧道的最深处是白色、白光，那种弥漫了整个天空分不清前后左右天上地下，身处其中觉得自己渺小无比的白光，不刺眼，很柔和，平和，温暖，我感到舒适安全。我不是站着，也不是躺着，没有固定的姿势，我知道自己还在，却感觉不到自己的身体，很轻盈，很洁净，没有仇恨，没有痛苦，没有我自己。那个世界与我活着的草原无关，与师父的寺庙无关，我不在地球上，不知道自己在哪里。我不想离开，想永远地浮在这个浩瀚无比、宁静无比的世界，无处归依，无须归依。

我漂浮了很久，接着我感觉到了自己的身体。身体是沉重的，我开始坠落，平和的世界开始坍塌，美丽的颜色混杂在一起，变得斑驳丑陋，扭曲成各种恐怖的图案，我从极高极高的地方不停地坠落，腿、胳膊和头被强力撕扯，无法呼吸，周围出现巨大的隆隆的声响。声波像锋利的巨网一遍遍过滤我的身体，身体被切割成无数的碎块又迅速复原，不，已经没有身体，只有疼痛的感觉，这种感觉有形状，和我身体的轮廓一样，只是比身体大许多许多倍。正在遭受残酷的刑罚，没有尽头，孤独，绝望，叫不出声响。我恨！恨意弥漫了整个宇宙，和疼痛一样庞大无比。我想去自杀，想去死，却丝毫没有办法。

终于，我醒了，睁开了眼睛。我躺在黑色的帐篷里，像一具尸体，和草原上蜷缩死去的老鼠尸体一样。太痛苦，我想要去死，却想到师父，师父说我将来是要做大事的，做大事一定会经历磨难。

我没有死，身上的伤痛也很快痊愈，仍然要去放牛。

牛一般随群行动，不会走丢。而小牛却会像小孩一样调皮，碰到没有草的沟沟坎坎要跳来跳去蹦着玩儿。如果没有注意到，它们很容易因过分贪玩而脱离牛群。傍晚要回家时，小牛没回来吃奶，母牛就会哞哞地叫犊子。走丢的牛一定要在当天找到，不然晚上会被山里的狼吃掉。

一次傍晚返回时，一头母牛哞哞地叫犊。我心里咯噔一下，麻烦事儿来了。骑在马上清点数目，果然少了一头小牛。如果不找回来，小牛会死，我也会被堂兄打死。

太阳悬在山顶，像一颗半流体的蛋黄，正慢慢地下沉。到赶着牛群返回的时间了，而我又不能不去找小牛。想了想，决定让牛和马自己先回去。我拍拍黄马和头牛，对它们说，你们两个把牛群带好，先回去，我去找走丢的小牛。它们听懂了，带着牛群慢慢往回走。丢失了牛犊的母牛不愿离去，吊在牛群外焦急地四下哞叫，我跑过去将好话说尽，母牛仍然不愿离去。巨大的蛋黄已经接近山顶，牛群远去，母牛伫立，我想去找小牛又不能丢下母牛离开。我该怎么办！我突然崩溃，号啕大哭，哭声在傍晚的草原上凄凉回荡。移动的牛群似乎停滞了一瞬，像一个巨大的怪兽顿住了身形。一只黄色的身影从牛群中脱颖而出，奔我而来。是黄马！它在我的面前戛然而止，对着我用粗大的鼻孔打了个响亮的响鼻，热烘烘的气息和鼻涕飞沫喷了我一脸，是那么温暖！它绕着落单的母牛跑了一圈，对着它瞪大眼睛嘶鸣，前蹄刨地，似乎在大声训斥，母牛的眼里闪过惊慌，无奈，终于在黄马的陪伴和催促下慢慢离去，慢慢融进黑压压的牛群中。黄马再次从牛群中奔向我，它很明确，要陪我留下，但我不能留下它，它现在相当于我，没有了它，牛群会走散走丢。我踮起脚拍拍它硕大的头颅，让它离去。它蹭了蹭我，缓缓跑开。我热泪盈眶，充满力量。

草原一望无际，远近山峦起伏，我站在寥廓的天底下，完全不能预料小牛会在什么地方，只能跟着感觉走。天色渐暗，我狂奔在空旷的草原上，翻过一座又一座山，站在山顶，拼命感应着小牛的方位，搜寻每一个方向和每一条山谷，终于在天快黑的时候看见了山脚下一个小小的黑点。我大喊着它的名字从山顶冲下去。迷茫的小牛也发现了我，哞哞叫着向我跑来。突然，远处的草地上呼啦啦飞起一片黑压压的东西，吓得我一个趔趄从山上滚落，滚了很远才停住。是秃鹫，牛的跑动惊起了大片本来安静蹲伏的秃鹫。我才发现四周林立的经幡，在风的吹动下猎猎作响，无声超度着亡魂。秃鹫在头顶的天空缓缓盘旋，抻着脖子无声地凝视我。地上散乱着许多骨头，反射着傍晚的天光，惨白惨白。四分五裂的骷髅咧开颌骨，龇着长长的牙齿，瞪着空空的眼窟。秃鹫们啄食着被火烧过的断尸残骸，不时发出沙哑的怪叫。这是一个天葬台。我头皮发麻头发炸起，浑身从上到下无法动弹，无数可怕的鬼魂环绕在周围，紧紧盯着我。秃鹫要挖掉我的眼睛，鬼魂要把我撕碎。

突然，身后发出一阵沙沙声，极度惊悚，我瞬间打了个冷战尿湿了裤子。双腿间一片湿热，我能动了，开始不管不顾地发疯逃窜。到山顶时，我听见身后有粗重的喘息声，感到一个巨大的身体一直追赶着我，越来越近。我失去了意识，一直到滚落到山脚。醒来时，身边有一个黑色的身影，是小牛，是那个拼命追赶我的巨大身影。我躺在草地上，能感觉到痛了，感觉到有风了，看到夜空中的点点星光了。很冷，双腿冰凉。我在地上打滚，嗷嗷地大吼大叫，吐着口水，张牙舞爪，拼命地狂躁着，以把缠绕在身上的恐惧驱走，把追着我的鬼魂赶走。小牛在我的脚边低头吃草，我浑身软得一点力气也没有，摊开四肢，觉得自己和天上的星星一样孤独。远远地传来几声狼嚎，我蹦起来，翻山越岭，像风一样朝帐篷的方向狂奔。

看到牛群和帐篷的时候，我扑在地上，心脏快要爆炸，胃里翻腾，强烈地呕吐，却只呕出一些酸苦的胃液和淡淡的红色的血。过了一会儿，我在迷蒙中听见母牛叫犊和小牛跑远的声音。

牛没有丢，我却依然被堂兄惨揍。这次我没有反抗，没有力气。第二天，我依然瘸着腿去放牧。不能在黑黑的帐篷里孤零零地躺着,那样我会想要自杀,一定会自杀。

那是我的童年,我还是一个不大的小孩。暗无天日,遥遥无期。我很想家,望着头顶的天和草原尽头的山,却不知道家的方向在哪边。我心里充满了恨,对狠毒的堂兄,还有我父亲。我想要杀死他们,就算没有武器,把我的心脏挖出来,也一样可以砸死他们。我的心脏,像冰一样冷,像石头一样硬。

牛会丢,马也会丢。马丢了更难找,发情的公马在草原上追逐着风里的味道疯跑,想要找到一匹母马交配。一天早上起来的时候,黄马挣脱缰绳不见了。堂兄要去参加一个婚礼,走之前告诉我一定要在当天把马找回来。

翻了五座山,找到了黄马。已经是初夏,午后的阳光毒辣,黄马没有找到母马交配,脾气很坏。我又饿又累,嗓子着了火,从口袋里摸出石头一样坚硬的奶渣在嘴里含出口水。没有缰绳,我解下长长的腰带套在马脖子上,像老人一样背着手,牵着马儿。它和我一样耗尽了力气,一样颓丧。我想念远方的亲人,他们正在干什么呢？家中的情景一遍一遍地在我脑中回放。我没有哭，可是用袖子擦汗的时候却发现已泪流满面。马儿不想回去，它倔强着，要去寻找爱情。我累得已经走不回去了，不顾黄马的挣扎，骑在它背上，将腰带咬在嘴里，扯着马鬃。等最终回到帐篷时，我被它摔得遍体鳞伤。堂兄还没回来，婚礼的宴会一定很热闹，会有很多好吃的食物。我想象着宴会的场景，却在想象中看到了堂兄冷冷瞪着我的眼睛。我默默地把黄马拴好，简单吃些糌粑和干肉，把马牵到河边洗刷。

六　自由

　　那个夏天，我放过了自己，若不放过，我会觉得上天负我太甚，活不下去。我放开了自己，让身体，主要是心自由疯长。逃跑是不可能的，我无处可逃，一定会被堂兄抓回来打死。偶尔想一想家，家已经遥远得不真实了，我甚至怀疑那些模糊的影像是幻觉或前世，而当那些模糊的影像里出现了父亲的身影时，我的心就会刺痛。师父的话仍一遍遍回响在耳边，却已经像破旧的鞋子，褪色的衣服，渐渐生锈的刀片，不再保暖，不再鲜艳，失去了力量。再没有谁值得我想念了，也没有真正爱我的人。小牦牛还有妈妈疼爱，我是一个遭人遗弃任人鞭打的多余人。我太久没有说过话了，没有说话的念头，和牦牛一样。但牦牛是平和的，而我失去希望的心里孕育着仇恨，像大树的种子一样在黑暗里发芽，结结实实地生长，越长越大，变得粗壮，开枝散叶。

我恨所有人。师父也不例外，虽然我知道不该恨他，但就是恨，无端地恨。恨一切，恨这个世界。

衣服已经又脏又破，我脱下来用湖水洗干净摊在草地上晾晒。来时穿的鞋子磨掉了鞋底，只好扔掉，师父送我的鞋子一次也没舍得穿，放在帐篷里。

整整一个夏天，我离开帐篷进入草原深处时，就不再穿衣服，赤身裸体地游荡。草原不只有白云蓝天，微风绿草，点点牛羊。草原的草有高低青黄，地上有大大小小的野兽挖的洞，旱獭和鼠兔泛滥时，放眼望去，密布着土堆和陷阱，像一颗生着癞疮的人头。草原不是人工修剪得整齐的草坪，随意地躺在地上，不小心就会沾上一身牛粪，被不知名的虫子咬得浑身痛痒。也无法骑着马畅快地奔跑，会踏入旱獭洞里折断马脚。到处蒸腾着热烘烘的粪尿骚味，各种各样的蚊虫嗡嗡地包围着想要把人的血吸干。姥姥教我识别植物的本领派上了用场，我用刀割下防蚊虫叮咬的花草，用石头砸碎，挤出汁液，细细地抹在身体的每一个部位，直到自己变成一只色彩斑斓的人形妖怪。草汁太容易风干，全身紧绷绷，我到湖里挖一些泥巴和草汁合在一起，涂满全身，又变成一个黑色的野鬼，咧嘴翻眼，便只露出白色的眼珠和惨白的牙齿。假如草原上有人，突然见到我，一定会被吓坏：一个身上无毛的杂色或黑色的人形怪物，披着长长的头发，瞪着一白一黑两只眼睛，张牙舞爪，嗷嗷怪叫，在地上扭来扭去地爬行，还会突然直立起来奔跑。但假如遇到猎人，他们可能会毫不犹豫开枪打死我。我冲进牛群，做出可怕的鬼脸去吓唬牛马，以为它们会吓得夹着尾巴撒腿逃跑，它们却压根儿无视我的幽默，挺着一张麻木的脸，瞪着一双无辜的眼，愣头愣脑。无趣，畜牲就是呆子。

泥巴干了，泥壳巴在身上紧得难受，走动时，干裂开片掉落在草地上，如落雨般沙沙响。我去湖边洗掉，又涂上新的。山中无日月，时与少年长。我有的是无穷无尽的时间。一次挖泥巴的时候滑倒，我发现有些地方湖水不深，便泡在里面，这比涂泥巴防虫更有效。湖边的水被阳光晒得温热，像油一样光滑，我仿佛躺在温暖的怀抱里，舒适得想要被淹死。我适应了湖，湖接纳了我。我在湖中学会了游泳——会换气，能游出很长一段距离而不被淹死。这使我非常高兴——又掌握了一项新技能。我感谢并爱上了这片圆圆的深蓝色湖水。

西藏虽河流湖泊数量众多，但多为雪山融水，又气候高寒，水温极低，不适合游泳，多数人便不会游泳。这样我就比很多人厉害了。之后每天我都要跳进湖里，并一点一点试探着往湖深处游去。我的体力足够，然而湖水太冷，我坚持不了很久。我暗暗下决心一定要游到湖对面，就更加注重锻炼自己的耐寒能力，每次都要在湖里冻到身体快要抽筋才爬上岸晒太阳。终于有一天，我仗着自学成才拳打脚踢的蹩脚泳技和不怕死的精神挑战横渡，差点儿被淹死。

那天，我躲在柔软的草丛中睡足了精神，吃饱了干肉糌粑喝足了水，充分地蹦跳奔跑热身，在中午太阳最热的时候，以最大的力气最快的速度向对面游去。很顺利，很清凉，很快游到了一半。而到湖心时，才感觉水下有暗流，涌动的水流特别冰凉刺骨，我心中惊慌，动作慌乱，双腿快要抽筋，身体难以平衡，像浸饱了水的木头一样在缓缓下沉。

我不知道人们临死前的感受怎样，我当时很镇定，望着远处难以到达的湖岸，我知道此次必死了，内心忽然就变得开阔，轻松，豁然，了无恐惧。我舒展了肢体，有意去喝下一大口水，水冰凉甘甜。透过一层水幕看天，天很蓝，晃晃悠悠，像蓝色的蛋清。没有太多的憋闷的难受，我遭受过更强烈尖锐的痛苦，这算不得什么。我觉得自己在水下笑了。

突然我踩到一块硬的东西，平静中的我吓了一跳，是真实地跳了起来，这一跳，头正好能露出水面。我咳嗽，吸气，惊慌失措，再次沉入水中，再次踩到了硬物。确认水下有东西，可以支撑，不是幻觉，低头看去，应该是黑色的岩石，块头很大。我燃起了希望，屏住呼吸站在石头上休息，沉到水下揉腿，调整好呼吸，做好了继续活下去的准备，拼尽全力向岸边游返。我躺在草地上死了很久，死而复生。我盯着湖心，那里应该是一个泉眼，整个湖水都是从泉眼冒出来的。我为自己发现了这个美丽圆湖的重大秘密而非常兴奋，感觉这个湖是属于我的了,得给它起一个名字,我的专属名字,就叫石泉湖。我目测着石头的位置制定计划,要从不同的方向游到湖中心休息,等我完全熟悉了石泉湖各个方位的水情,就可以横渡了。

我喜欢游泳,像鱼一样自由。而游泳会让眼睛进水,每次结束,我都要给眼睛上药,上药仍然很疼,但疼过了就会干燥清凉,不再流水、流脓、流血。

我身上涂满了泥巴躺在一个干燥无草的小坑里晒太阳,突然听见噔噔的马蹄声由远及近,以为是黄马又挣脱了缰绳,"噌"地从坑里跳出来。却见堂兄骑着红马迎面跑来。红马被我的突然出现惊到,一个急停,身体后仰,立起前腿嘶鸣。堂兄也被吓了一跳,但还没来得及做出反应就被马掀翻在地上。他爬起来,"唰"地抽出藏刀。看清楚是我后,生气地哇哇大叫,瞪着眼睛气势汹汹地大踏步朝我走来。完了,这次真的死定了!要被砍死!我撒腿就往湖边跑去,堂兄在后面叫嚣着紧追不舍,我不顾一切地跳进湖里拼命向远处游去。一直游到湖心,才停下来踩着石头回头看。

堂兄惊愕地站在湖边,挥舞的藏刀定在空中。

湖水在脚下冰冷地翻涌，腿突然抽筋了。我深吸一口气沉到水下蹲在石头上揉搓腿肚子掰脚趾头，终于好一些了。睁开眼睛，湖水黑黑深不见底。我浮出水面，堂兄正对着湖面四处张望，一声声大喊我的名字，他手里的藏刀不见了，声音里带着慌乱、震惊甚至绝望，我心里陡然发酸。他看到我露出水面的头颅，大声叫："阿布！回来！快回来！我不打你！"声音沙哑，焦急中又带着一丝惊喜。那一刻，我感觉他是真的担心我，怕我死掉，不会打我了，便向岸边游去。

我奋力地爬上岸，躺在草地上浑身哆嗦着停不下来，阳光真温暖，我坦然地望着天空。堂兄默默地走开，一会又脚步重重地回来，把一堆衣服扔在我身上，又"咚"的一声在我头边丢下一个东西，转身走开。我躺着，马蹄声噔噔远去。我在衣服的口袋里摸索出药包，坐起来给眼睛上药，"轰"的一声，全身暴热。他丢下的是一个布袋，里面用油纸包着一只还冒着热气的羊腿。远远地传来一个声音："再跳到湖里去，我打死你！"

这次堂兄没有打我，一直到冬天。我以为他再也不会打我了，然而却在一年最冷的季节，我被打断了两根手指。

夏天和秋天，整整两季，我没有穿鞋，脚底结出了厚厚的茧壳，脚趾分开，像长着两块木板，已不怕扎脚，但不够抗冻。冬天实在太冷，我拿出师父送的黄胶鞋御寒。胶鞋底冻得梆梆硬，走在地上咚咚响，像鼓槌敲击大地。鞋穿在脚上，像在木板上套了一层钢板，脚下没有知觉，又硬又滑。

要去给寺庙运送给养了，我们往牦牛背上装酥油、牛奶和干肉。我先把一块块冰坨一样的酥油整齐地垒在筐子里，堂兄再把筐子绑在牛背上。地上很滑，我走得小心翼翼。终于，我还是滑倒了，"砰"的一声重重地摔在地上。酥油像金色的冰块碎裂了一地。我趴着，内心揪紧，隐隐感到一股狂暴的气息越来越凝重，越来越迫近。堂兄粗重的脚步声声如雷，每一步都像踏在我的心脏上，这是毒打的前奏，无疑了。我握着拳头，用尽全身力量绷紧身体。身体像蜷缩的老鼠，被一只大手抓起，又像一袋干牛粪被摔在地上，我坚硬的骨头和坚硬的大地碰撞出刺耳的声响。牦牛毛做的扫把，粗大的棍子，一个个从空中飞来，重重地砸在我身上，头上。我紧紧地咬着牙齿，瞪着眼睛，眼前的世界一片血红。突然帐篷里哐当一阵响，我抬头看去，是堂兄摔倒了。他气急败坏地随手抓起一口锅扔向我，我本能地抬手阻挡。啪！我听到身体内部传来非常清脆的一声。短暂的麻木之后开始剧烈的疼痛，我抱着手在地上打着滚惨叫，痛得喘不过气来。手指断了，两根手指断了。那是最痛的一次，眼睛被插进一根管子的时候也没有那么痛。

打完了，疼过了，爬起来，继续赶着牦牛去寺庙。

在寺庙，师父紧紧攥住我的手腕，摩挲着肿得像公牛蛋一样的手背察看。

师父问："还疼吗？"

我摇摇头不说话。

"可怜的孩子。还好，骨头没断，休养一段时间就会好。"

我不说话。

已经很久没有和人说话了，在草原的时候，我在心里发过誓，不离开德格，永不和人说话。

师父拿来一个小木棍，拿起一把锋利的小刀："咬住，我要把瘀血放出来，忍住。"

对木棍，我不用咬，但也不吐掉，就在嘴里含着。对疼痛，我已经麻木。不只对疼痛，几乎对所有的感觉，饥饿、寒冷、善与恶、是与非、好与坏，都麻木了。师父要帮我的眼睛上药，我拿出药包自己来，娴熟自如。

包扎完我的手，师父念了一段经文。他问身边的喇嘛，他的小儿子在哪里，喇嘛说到镇上去了。师父吩咐铁棒喇嘛把他找到带回。佛堂里香雾缭绕，光线昏暗，师父说我给你讲个草原上的传说吧。

有个猎人枪法很好，他打猎的时候，专射动物的眼睛，这样就能得到一张完整无伤的皮毛。在很远的一座山里，有一群凶恶狡猾的狼，经常伤害人畜。几个猎人到山里去，要为民除害，结果只有那个枪法最好的猎人最后逃了回来，其他人都被狼杀死了。传说这群恶狼的狼王已经活了很久很久，它头上、背上的毛几乎全白了，像魔鬼一样狡猾。后来，猎人们一起设置了圈套，终于杀死了这只狼。狼王身上中了很多枪，皮毛都被打烂了，但它死不瞑目，两只眼睛瞪着，猎人用刀挖下了它的眼睛。

我疑惑地看着师父。师父说："只是个故事。狼要生存，要吃肉，这是它的本性，人杀狼，也是为了生存。无常世界，都觉得自己是对的。"

堂兄被找回来，师父让铁棒喇嘛按照寺庙的戒律惩罚他。堂兄说他不是喇嘛，铁棒喇嘛没有权利责罚他。他强硬地争辩反抗，但还是被狠狠揍了一顿。堂兄在挨打的时候，一声不吭，眼睛狠狠地盯着师父。他的眼神生冷凶狠，像传说中的狼王，应该被尖刀挖掉。

我以前就不喜欢寺庙的生活，现在更不适应。那些端端正正高高坐着的佛像，冷冷冰冰。我去过镇里一次，想去饭馆里吃饭，老板厌恶地看着我说："小乞丐，你有钱吗？"我瞪他，他说："瞪什么瞪，瘸腿断脚的脏瞎子。"我不属于这里，不属于这里的世界，我要回草原，去和我的牦牛在一起。师父递给我一大卷透明胶布，说："你的手要用木板固定一段时间，绑木板的布条松了，用胶布缠起来方便些。"

七 生死

从那时起，我开始思考活着的意义。被生下来，活下去，狼吃肉，牛吃草，人什么都吃，吃了一辈子，然后死掉。我被生下来，被抛弃，被人打，被人轻。没有朋友，师父讲一些似懂非懂的话。放牛，长大，变老，然后死掉，尸体被剁碎，烧焦，让秃鹫吃掉。

我躺在草地上，瞪着空空的眼，望着空空的天，思考或什么都不想，日复一日，月复一月，年复一年。任风霜雨雪飘在空中，落在身上。

渐渐地，我的脑袋空了，心空了，身体空了，我不存在了。没有草原，没有牛马，没有了远处的山，没有风，没有声。但我又看见了草原、湖泊、牛马、山上的森林、森林里的狼、山顶的积雪。什么都能看到，从高空看到，一切都是半透明的，我好像变成了一双眼睛，在空中飘飘荡荡。但看不到自己，我没有身体，身体不见了。我在草原上空飘来荡去，很自由，很快乐。

我飘回来找我的牦牛，它们在安静地吃草。旁边的草地上躺着一个细长的人，伸长两腿，露着光光的脚，衣服破破烂烂，一只手上用透明胶布绑着两块木板。他的头发很长，遮住了半边脸，一只眼半闭着，一只瞪着天空。这个人很熟悉……这不是我吗！我看见我了！瞬间我从空中掉下来，周围的世界"轰"的一声。有风了，呼呼的风刮得很冷，牛的舌头"唰唰"地卷着干草，"铿铿"地咀嚼，有几头牛在翘着尾巴拉屎，新鲜的牛屎"噗噗"地掉在地上冒着热气。

飞升飘荡，如幻似梦，空灵而真实。我万分沉溺，每天花更多的时间躺在草地上，寻找能够飞在天空的感觉。可接下来的很长时间内再没有成功。我焦躁，郁闷。那是可遇而不可求的神奇。一再地尝试，一再地失败，我怀疑之前的那次美妙体验仅仅是一次梦，继而坚信那只是一场梦境。我彻底失落，百无聊赖，空空地望着天空。

我又飞了起来！又看到半透明的世界！这次我要飞到更远的地方，看看寺庙，看看堂兄，再飞到林芝看看家。但我只能在草原上空游荡，远处的天空和景象混沌模糊，什么也看不清。我越来越熟练地掌握了飞升的方法，只要每次平和地放空自己，持续而坚定地想象着自己飞升到高空就好。虽然视野有限，只能看见我曾在草原上到过的地方，但我仍非常喜悦，那是一种毛茸茸的幸福，像一阵暖风吹过，像山上覆盖着的朦胧嫩绿。

我要骑着马儿拓展我行走的疆域，以便能够在飞升的时候飘荡得更远。春天的马儿是欢快的，它也渴望到更远的草原上飞奔，或许能够邂逅一匹年轻的母马做情儿。我知道太阳是从东方升起，从西方落下，我记下了早晨和夜晚的星空图，以保证出发和返回时有正确的方向，不至于迷路。

再次空灵飞升的时候，疆域果然阔大了。可是我仍然只在草原上空飘荡。林芝太遥远了，一千多公里之外，我不可能骑着马儿到达。我曾记得父亲说过，人死了以后灵魂会在世间高速穿行，想要去哪里，瞬间就可到达。或许我应该死掉,这样就自由了。

我要自由!我决定不再忍受堂兄的殴打,如果他再如打断我的手指一样毒打我,就去自杀。不能被他打死,要自己去死,这样死后灵魂也是快乐和自由的。不过我现在不必去死,我有未竟的快乐——拓展未知的疆域。我骑着马走得越来越远,往各个方向翻过许多高山,蹚过很多河流,看到很多美丽的风景,在一条河边捡到一把古老的战刀,不过那把刀太老了,泡在水里太久了,生着厚厚的一层黑绿的锈,几乎成为废品。

我本可以跑得更远,可是牛群还在原地,我必须赶在太阳落山之前回到牛群,天黑之前把它们带回家。疆域的边界只能以牛群为中心,以帐篷为半径,以一天的时间为线画圆。这段时间,我躺在草地上让自己飘荡的时间很少,但探索未知的草原和山脉有另一种快乐。

为了能探索更远的地方,我在东方泛白,晨星满天的时候就起来赶牛,不到中午就能到达一片水草丰美的牧场。这牧场是我在之前探索疆域时已经看好的。

牛群停止前进，我给头牛交代了几句，就骑着黄马朝一个既定的方向飞奔而去。

因旱獭、鼠兔等各种小动物在草地上掘出大大小小的坑洞，导致在陌生的草原骑马驰骋，有一定的风险，本应小心谨慎，但自由驰骋让我和黄马都很快乐，不知不觉就像风一样飞奔起来。突然，伴随着黄马一声惨烈的嘶叫，我真的飞了起来，从马背上抛出，在空中划过一条弧线，重重地滚落在草地上，晕了过去。不知过了多久，我醒了过来，天还亮着。摸摸身上，胳膊和腿在流血，脑袋里面仿佛装了水，随着扭头的动作昏昏沉沉地疼，但胳膊腿没断，没受重伤。黄马卧在地上痛苦地嘶叫，看见我，挣扎着想站起来，却动不了。它的一条前腿卡在深深的洞里，与倒在地上的身体折成一个可怕的角度，锋利的白骨刺破皮肉，血浸红了腿毛和草地，鼻子嘴巴里呼呼地喘气，不断淌出黏稠黏稠的红色的血。它大大的眼睛痛苦地望着我，眼角流出泪水。我想把马腿从洞里拔出来，但马腿卡得太深了，又被其巨大的身体紧紧地绷着，马痛得挣扎嘶鸣。我用藏刀挖开土，慢慢地把马腿撬出来摆成比较正常的样子。但我只能做这么多了，我扶不动它，它站不起来，肋骨一定也摔断了。我仓皇无助，号啕大哭。我告诉马儿，我去找人救它。

一路上我边哭边跑，昏昏沉沉，跌跌撞撞，无数次摔倒，无数次爬起。堂兄在帐篷里大醉大睡，我叫醒他，哭着告诉他黄马摔倒了，快要死了。他瞬间爬起来，瞪着血红的眼睛就要揍我。我哭着说："你可以打死我，但先去救救黄马吧。"他走到帐篷外，像狗一样使劲甩了甩头，让自己清醒，翻身跨上红马，对我吼道："上来！"

红马在飞奔，我的心在胸膛里不安地跳动，怕红马突然遭遇黄马一样的命运。

远远地看到黄马躺在地上，奄奄一息，看到我们靠近，它痛苦地挣扎，却挪不动半分身体。堂兄前后察看了一番，低头蹲下，抚摸着马儿的耳朵，掉下了眼泪。很久，他默默地脱下藏袍，盖住马眼睛，口中喃喃有词。

突然，他站起来，刷地抽出藏刀，对着黄马的心脏狠狠地捅进去。黄马的身体剧烈抖动，四腿蹬直，脖子高高仰起，又重重地摔下。它粗大的鼻孔里长长地喷出一串血沫，再也不动了。我吓傻了，呆呆地站着。堂兄拔出藏刀，拿开衣服，我才哇的一声大哭起来。我的黄马死了。

我擦干眼泪，瞪着通红的眼睛对堂兄说："不用你杀我，我去自杀。"我找到我的包，拿出那把在河里捡到的战刀，脱下衣服扔掉，一手抓住刀柄，一手抓住刀背，狠狠地朝肚子切下去。刀身的锈片簌簌落下，肚子没有破，再切，刀变弯了，第三次切下的时候，刀断了。它太老了，已经死了，杀不了人了。我扔掉断刀，从包里拿出透明胶布，两腿并住，从脚上一圈一圈地往上缠，缠住脖子、嘴巴和鼻子，在头上绕了很多圈。我屏住呼吸，朝湖边蹦去，毫不犹豫地蹦入湖里，我会游泳，可我绑住了自己的双腿，封住了自己的口鼻。我要自杀，这是我愿意的，我的一只手能动，但绝不去解开。我不由自主地挣扎着，沉了下去。在失去意识前，我想，这不是我的石泉湖，应该死在我的石泉湖里的，这是一个遗憾。

我醒了。睁开眼睛，夕阳西下，漫天云霞。胶布松松地缠在身上,堂兄站在一边。我大吼:"为什么要救我!我不要你救我!"堂兄脸上的表情我从未见过。他泪痕未干,悲痛凄切,喃喃地说:"我没有救你,我不敢下水。你自己浮上来漂到湖边,胶布在水里散开了。"他顿了顿,断断续续地说,"阿布,不要自杀……佛说,不能自杀……我是……没有父母的孩子……在草原上长大,被很多人欺负……我差点被他们淹死……"

这是第一次,堂兄给我说这么长的话,我却无心去理解他,沉浸在自己巨大的痛苦中说:"你打我吧,打死我吧,我把黄马害死了。"

"我再也不打你了。"他低声说。

"我……"

"别说了,天快黑了,我们要把马葬了,扔到湖里。"堂兄又恢复了他的冷酷。"把你的藏刀拿来,我们抬不动。"

"埋了不行吗,我挖坑。"

"不行,会招来狼。"

师父送我的藏刀第一次见血,竟是在割我心爱的黄马。我哭着砍断它的腿，血热得烫手。我不住地说对不起，眼泪滴在手上像冰。

我的马死了，我再也飘不起来了。草原、远山、湖泊、天空，全是黄马的影子。连续五天，我都梦到马回来了，它默默走到我身边，低着头蹭我。每一次的梦都非常清晰，非常真实。但每次醒来，我都非常失落，每一次更加失落。第五天我又梦到它回来，这次我给它套上缰绳，推醒熟睡的堂兄，告诉他："看，我们的黄马回来了，这次不是做梦，是真的回来了。"堂兄坐起来，摸了摸它的腿说："嗯，是回来了，你去把它拴好。"我用缰绳把它牢牢地系在地桩上，长时间地抚摸它。它很温顺，默默地望着我，像人的眼睛，像谁呢，那么温暖，却那么遥远。

早晨，我爬起来奔向地桩，它却不在那里。仍是一个梦。之后，我再也没有梦到它，它走了，它的灵魂也走了。梦境是那样真实，一定是它的灵魂舍不得离开，真的连续五天回来过，和我们告别，我清楚地记得它恋恋不舍地望着我的样子。可怜的黄马，它还没有找到情儿呢。

放牧一下子变得困难。牛变高了，牛群变大了，路也变长了，远方遥不可及。我难以张望到整个牛群的动态，也不能快速地跑前跑后驱赶小牛。我站在牛群边，像一个侏儒在吆喝一群巨人，巨人们麻木不仁，无动于衷。

伤心会诱发伤心，愤怒会激起愤怒。我渺小无助，怨气满腹。我不敢走近湖边，视线躲避着湖的方向，但每次仍不由自主地把牛带到这片草地。我躺着搜寻天上的鸟，趴在地上找蚂蚁，努力给自己找事做，但仍无所适从，难受得大喊大叫。一块石头硌了我的脚，我捡起来狠狠地扔向远处。我搜寻石头，每见到一块就用脚踢开，再捡起来狠狠地扔出去。扔得不够远，便用"乌朵"投掷，一根"乌朵"甩坏了就用牦牛毛再编一根。我的"乌朵"打得越来越远，越来越准。石头落在远处，惊到了旱獭，两只肥胖的喜马拉雅旱獭。它们无所事事，打洞、晒太阳，立起肥胖的屁股扭动笨拙的身躯打架，不时站起来望望我和牛群，又懒懒地趴下吃草。我突然非常憎恨它们，以往看起来的憨态可掬此刻都变成丑陋低劣，分外可恶。它们在草地上肆意打洞,害死了我的马儿,却还如此无知无辜,若无其事。我要杀它们,弄断他们的腿,再用刀刺死!终于找到了罪魁祸首!找到了罪恶之源!我要让它们付出代价!要用一百种方法去折磨去惩罚它们!

旱獭的牙齿和爪子很锋利,身体像小猪一样壮实。它们警觉地感受到了威胁。我的"乌朵"不再能轻易打到它们,远远地望见我,它们便躲进洞里,起先还探出头来观望,后来便藏得快速而坚决。它们比兔子更狡猾,洞穴有三个出口。我收集工具,编织绳子,编织筐子,设计陷阱。我留下前后两个洞口,把其余的堵住,在前洞点燃牛粪和青草捂出浓烟,在后洞拿着筐子等待。旱獭被烟呛得昏头昏脑,钻进筐子里四处乱撞。我抽出藏刀用刀背向一颗颗五迷三道的头颅"砰砰"拍击,将其拍晕。将四条腿分别用两根绳子前后绑住,像给犯人戴上手铐脚镣,让它能跑但不能快速逃跑,再往脖子上套一条长绳,牵在手里,成为可以任由我摆布的奴隶。旱獭从昏迷中醒过来,惊慌挣扎,吱吱乱叫,一次次被绊倒,身子像圆球一样滚动,却无论如何无法逃脱。它用大板牙咯咯吱吱地咬绳子，我猛地一拽，肥胖的身子便像一颗炮弹一样飞起来。它像人一样用两只前爪抓脖子，想把绳子解开。我拉着它在草地上疯狂转圈，停下来时，它眼睛暴凸，舌头伸长，肚子急剧起伏，放屁拉稀，不动了。我拔出藏刀，让刀沾上害死黄马的凶手的血。

我有无穷无尽的时间，藏狐一样的耐心，越来越坚硬冰冷的心，地狱般残酷的手段。大多数旱獭被直接用刀刺死，很多不幸之甚者遭受了酷刑，鞭笞，火刑，断手脚，牛裂——把它们的四条小短腿用长长的绳子绑在牦牛的四条腿上，再抽牦牛一鞭子，牦牛跑时，它们被撕裂。我用绳子把它们紧紧地捆成一个线团，扔在草地上，让从来不见月光的它们在夜晚被野兽吃掉。草原上的旱獭见到我就像见到来自地狱的恶魔。它们集体迁徙，逃难，越来越难抓，越来越少。

我残忍地杀死了很多旱獭，为心爱的黄马报了仇，却更加焦躁了，并在内心深处为犯下的罪孽感到恐惧和悔恨。

八　使者

夏天，我们向西迁移了牧场，让这片草原休养生息。离开之前，我与过去告别，在石泉湖里游了泳，去了一趟水葬黄马的地方，向这片牧场的旱獭，为我对它们犯下的罪行默默忏悔。新的牧场与格萨尔王的故乡很近，也离林芝更近了一些，尽管这点儿距离的缩短，对一千多公里之外的林芝来说微乎其微，可以忽略不计，但我的心与家的距离更近了。

新的草原，并没有让我逃脱旧的苦难，而在新的草原，我认识了一位神奇的牧羊人。尽管我们年龄相差悬殊，也仅仅见过几次面，但在我心里已把他当成朋友，他是我这两年以来在草原上见到的唯一感到亲切的人，唯一的朋友。也是他让我赢得了对人的信任，没有让我走上人类的反面。

这里的草原不是平坦得一望无际，有着高低起伏的缓丘。我把牛赶到一片山丘的高地。站在高处的山丘，可以望见远处的牛羊点点。我经常坐在石头上眺望，希望能看到不同的人类，能遇到和我一样的牧人。但我并不想认识他们，人是危险的。

我正揉糌粑，准备午饭，大团大团的乌云从远远的山后冒起，快速飘移到草原上空。云中带雷，风中夹雨，天空迅速变得阴沉晦暗，电闪雷鸣，暴雨滂沱。牦牛仿佛被突变的天气吓到，一动不动地静立雨中。我躲在牛肚子下，听炸裂天地的雷声、轰鸣如瀑的雨声，犹如躺在汹涌的大河里。我从没听过这么响亮的雷声，从没见过这么壮丽的闪电，曲折的金色镰刀"咔嚓"一声在天地间劈开了第三个世界，瞬间又合拢起来，茫茫白水连天接地，空中飘荡着一股奇怪的味道。牦牛巨大的身躯已不能当做雨伞，黑色的皮毛上流淌着黑色的河流。我全身湿透，憋闷难当，索性钻出来，在大雨中淋个痛快。我脱掉上衣，站在空旷的天地间，雨从头顶像瀑布一样砸下，冰冷激烈，异常清爽。远处的羊群看不真切了，颤颤巍巍、朦朦胧胧像草地上一片流动的白花。我要狂奔，要在电闪雷鸣的大雨中嘶吼狂叫，要在天地的大河里如鱼如龙。我从山丘奔下，冲向羊群的方向。山丘起伏，草地湿滑，我如游水般翻滚跃动。雷声在头顶，闪电在眼前，我张开双臂，仰望青天，万里苍茫，洪流滚滚，无法呼吸，几乎溺水。我躺在地上，任大雨滂沱，将我漂走。

太久没有这么畅快了，太久没有这么自由了，我从内到外被彻底清洗了一遍，如若重生。

电闪将息，雷鸣远逝，雨势渐弱，乌云渐升，云色渐灰，渐白。天色不再阴沉，空气不再压抑。远眺，草伏倒在地如被梳子梳过的青碧秀发，河流明亮，空气清爽。如梦之大醒，换了人间，换了皮囊，换了心境。

远远的山坡上躺着一个人，会是谁呢？一个在暴雨雷电中被贬谪人间的神仙？一个如我一般的牧羊人？一个……堂兄？我一个激灵从浪漫的遐想中清醒，呆愣很久。

他躺在那里一动不动。我极其缓慢地靠近，希望永远不要到达。不是堂兄！我长长地舒了一口气。是一个瘦高的汉子，手边放着一根长鞭。他一动不动，是不是死了？应该不会有人和我一样喜欢躺在大雨中的草地上吧。我小心翼翼地靠近观察，他没有死，胸口还在起伏，眼睛半闭，嘴巴微动，像睡着的人在说梦话。他不那么强壮，我蹲下摇了摇他的胳膊，他睁开了眼睛，转过头看着我，满眼的茫然和虚无。好一会儿，他突然坐起来，又看看四周。

"你是谁？"他问我。

我指指远处的牦牛。

他疑惑地望望牦牛群，反应过来，笑着说："哦，牧童。"

他眼睛明亮地看着我："你在害怕？"

"我以为你死了。"我也眼睛明亮。

他哈哈大笑，笑得很灿烂、开心、无拘无束、没心没肺、真诚坦荡，像未经世事的孩子，像善良的人那样。我很喜欢他的笑，能穿破云层，穿越时空。

"你听过格萨尔王吗？"他问。

"听过啊，我知道这里是格萨尔王的故乡。"我说。

"你听过格萨尔王的史诗说唱吗？"

"没有。"我只生活在自己的悲惨世界中。

"我给你说一段。"他热烈兴奋。

他站起来，拍拍身上的雨水草屑，眼睛眯起来，开始说唱。他的嘴唇上下翻飞，语速很快，真像唱的一样。我听不太懂，大概是讲格萨尔王出征前，在和大臣们商议军情。

他已经不是他，这很容易分辨，精神、神情完全不同。

眼前的这个人忽而情绪高亢手舞足蹈，忽而卑躬屈膝声音低沉，在不同人物之间转换角色，变换声音。一会儿做出骑马的动作，声音激烈，像在战场厮杀，一会儿又慷慨激昂大声欢笑，似打了胜仗在庆祝。他瘦瘦的身体迸发着巨大的能量，完全不像我刚才所见躺在地上快死的样子。他不停地说唱，舞动，转圈，我退到远处，惊奇地注视，进入了一个魔幻的世界。很长时间后，他好像突然看到了我，停下来，有些疲惫，却对我开心地笑，露出白白的牙齿。

他问我好不好听，我说听不太懂。他问我是哪里人，我告诉他从林芝来。我大致讲述了我的爷爷，父亲，眼睛受伤，寺庙和放牧的经历，省去了堂兄的毒打内容。他静静地听，眼神专注柔和，继而上下打量着我，目光扫过我的眼睛，胸背上大大小小的伤痕和光脚，说："你一定吃了不少苦吧。"我不说话，忍着喉咙里的哽咽和眼睛里的泪水。"格萨尔王小时候也受了很多苦，被人摔到大石头上，但他注定是草原之王，不会被摔死，还把石头砸了一个大坑。好孩子，要坚强，长大了就好了。"

我问他从哪里学的这么厉害的说唱。他哈哈大笑，伸出手掌，神秘地指指天上，说不是学来的。

他是一个普通的牧羊人。一天放牧的时候，天气突变，就像今天一样，突然电闪雷鸣暴雨大作，他跑到一块大石头旁躲避，闪电一道道劈下来，雷声在山坡上炸开，异常恐怖。他感觉自己站在一个金刚怒目血口大开的野兽前。回家后，他生病发烧，昏迷了两天两夜。醒来后，他脑子里就有了格萨尔王的故事，只要一张嘴，那些故事就源源不断地流淌，完全不受控制。

他开始给牧人们说唱，又到县里说唱。说唱的时候像在背书像在唱歌一样，但完全不用去想，每一句话会自己飞出来，只是借助了他的身体和声音而已。那一次他得到的故事很长，但并不是全部。第二次也是在他放羊的时候，那天没有下雨，和平常的天气一样，他睡着了。醒来后，他没有生病，又得到了一段故事，仍然不是全部（格萨尔王的故事永远不会完结）。这一次的情况跟第一次很相似。刚才给我说唱的只是今天得到的很少一段。他从一方石头下拿出一个口袋递给我："这里有干肉和奶渣，送给你，我要到县里去了。"

他赶着羊群远去了，响亮地甩鞭，响亮地吆喝，响亮地唱着牧歌。

之后我又见过他两次，以一个普通牧羊人的状态。他说自己很忙，经常要去各个地方说唱，有时会被问一些奇怪的问题，譬如"你的说唱是睡一觉醒来以后就会的？"他很诚恳地回答"是"，但总是被问，他会不耐烦，会生气。有时候他会被研究，更多的是他的说唱内容会被研究。他每一次去县里说唱都会被录音。对着录音机说唱，他很不自在，会卡壳。他不喜欢那样的生活，喜欢在草原上放羊，喜欢给牧民表演——自在，随意。

每次，他都会带给我一些好吃的糖果，来自县城的在草原上见不到的糖果。他没有把我当成一个小孩，而是当成大人一样聊天。他说："草原是牛羊的家，不是你的家，你应该回到自己的家。"我告诉他堂兄肯定不会让我离开，我走了他就得自己放牛。他想了想说："你可以自己走回去啊。""走？逃走？太远了，我也不知道路。""你只要心里想着一定要回家，就一定能回到家，其他的事都会自然得到解决。"他点燃了我。

后来就再没有见过他了。他是我唯一的朋友，我非常失落。黄马死了，朋友走了，草原是伤心的地方，我讨厌这里。我尊敬师父，但对他的感情被太多的仇恨冲淡了，他的儿子经常打我。我经常去想朋友说过的话，想离开这个地方，越来越想，迫不及待！离开昌都，回到林芝，不告而别，直接逃走，永不回来！

夏天是草原最美的季节，也许因为这里是格萨尔王的故乡，旅游的人很多。他们在草地上野餐，拍照，远远地和我的牦牛合影,也有人偷偷地给我照相,我发现后转过身去。他们也会给我零食——不接受——我不是一个只会在牧区放牛的野孩子——我来自城市——不接受施舍,尽管是善意的。我观察他们,能一眼分辨出哪些是我可以接触的人——那些悲伤的人。悲伤不可隐藏。这一类人,不论在哪里,看到怎样的景象,他们的眼睛里总会流露伤感,风景越美丽,他们越悲伤,越悲伤越平静,越悲伤越善良。

一个女孩,个子很高,白T恤,牛仔裤,套一件米色防晒衣。她的腿很直,白白净净,是我见过最干净的人。她眺望着远方,刘海随风飘在眼前,她轻轻抹开。我一直盯着她,她转过头看到了我,朝我笑笑,从内心的悲伤切换到对陌生人的礼貌时,介于两者之间的那种恍惚而无戒备的笑。我仍然盯着她。她走近我,蹲下,迎着阳光,露出洁白的牙齿,说:"嗨,小伙儿。"她的目光没有在我的头发、眼睛、光脚和衣服上流连,就好像我们早就已经认识了,此刻只是重逢。

"你为什么悲伤?"我问。

她略微瞪大了眼睛,随即笑得更灿烂了一些说:

"你为什么这么聪明？"

"你被背叛了。"

"你是一个神奇的小孩，神奇的西藏。"

她的笑容干净明亮，她的内心并不平和，越悲伤越平静。

"你叫什么名字？"

"阿布。你呢？"

"燕子。"她说，"那些是你的牦牛吗？"她看向牦牛群。她的朋友们正拍照，与牦牛合影。

"是的。"我说，"你们要去林芝吗？"

"我们要去林芝，然后去拉萨。"她站起来看向她的朋友们。

一个朋友喊："燕子，快来，我们四个合影。"

她摆了摆手，说："等一下。"

拿相机的人把镜头对向我们，我没有躲闪。那人继续拍我和燕子，边拍边走近。太阳很大，风很烈，我们伫立如雕像。

"我也要去林芝。"

"哦，是吗，去林芝做什么？"她露出惊喜的神情。

"我的家在林芝。"

"那为什么你会在这里?"

"我要离开这里,但我不知道路。"我不回答她的问题,只诉说自己的想法。

她收敛了笑容,眼神疑惑地看了看我,回头望了一眼远处的车,旋即笑了,问:"你是想和我们一起走?"

我摇摇头。

"我们车上还有一个空位……"她说得很真诚。

"你有地图吗?"我打断她的话。我不会坐车的,父亲当年从这里走去拉萨,我也要走回去。

拿相机的朋友接近了,又摁了一下快门,笑问:"你们在聊什么呢?"目光转向我说,"嗨,小帅哥。"

我向她咧了咧嘴。燕子介绍说:"阿布,梅梅。"

梅梅弯腰微笑着向我伸出手,"你好,阿布。"我看着她细细白白的手,把我的手藏在身后。

梅梅笑着说:"哟,阿布帅哥不给面子哟。"我有些窘迫,把手伸出来,我的手又黑又粗,满是黑泥和茧子，像一根根刚挖出的虫草。

"这才对嘛。"梅梅抓着我的右手握了握，笑着说，"手这么硬，力气一定很大吧，你跟牦牛打架吗，嗯？"

我露出牙齿笑了，很久没有这样放开表情了。梅梅坦荡快乐，心里没有悲伤。她也很善良。

她们笑的时候，牙齿反射着阳光，像一颗颗白色的宝石。

"梅梅，让他们拿一张西藏地图来。"

"阿东，小飞，把零食饮料拿过来，再带一张西藏地图。"梅梅对远处两个看牦牛的小伙子喊道。

两个小伙子抱着一大包零食、饮料和地图。燕子把零食、饮料掏出来摆在草地上。梅梅介绍说："阿东，小飞，阿布。"他们分别和我握手，说："哇，这手是练过的吧，打人一定很疼吧。"他们很阳光。我心想：不悲伤真好。

燕子教我认地图，告诉我地图上的方向，告诉我林芝在哪里，哪些是山，哪些是河，哪些是道路、村庄和城市，还有它们的名字。他们给我留下很多零食、饮料，我都接受了，收在包里。

他们走了,在阳光里转过身,摆摆手,笑着走了。

接下来的几天,我一直在研究地图。用草叶测量,对照距离,背下沿途山、水、村庄的名字,规划到林芝的行走路线。对距离,我没有概念,不清楚一公里到底有远,但随着对路线的熟悉,越来越自信。不向师父告别,更不能让堂兄知道,他们一定会找我,被找到就死定了。不能走大路,要从草原上走,翻过三座山就能到德格县。偷偷地跑到姑姑家里要一点钱,然后沿318国道走回去。

我长时间远远地观察着草地尽头那座山,看好了爬山的地点。终于下定了决心,向牦牛挥挥手,朝着那座山走去。但晚上我又赶着牛群返回帐篷,把头捂在被子里悄悄哭了一阵。

九　逃亡

山并不像从远处看到的那样矮，也不像起伏的小丘那样覆盖着茸茸的绿草。山很大，石头也很大，有茂密的森林灌木，很难走。爬到山顶的时候，已经是下午。山顶很冷，我出了很多汗，被风一吹，全身打哆嗦。山后面还有一座小山，小山下是一片草原，远处有一团团牛羊，草原尽头又是一座大山。如果不返回，天黑之前我最快大概也只能走到那座大山脚下。

重新检查牛皮背包，一小袋糌粑、奶渣、干肉、两袋饼干、两瓶饮料和打火机，黄胶鞋要在爬山的时候才穿，藏刀系在腰里。没有地方住，幸运的话能找到一个山洞。我犹豫要不要带着被子，晚上一定会很冷，但最终决定偷走堂兄那件厚厚的羊皮袄，等他发现的时候，我已经走远了。

我早早起来，把牛赶到牧场，叮嘱头牛：带好大家，不要乱跑。这一次，我在心里发誓，绝不回头。以前总觉得自己很渺小，被全世界抛弃了，没人知道我的存在，现在走在开阔的草原上，反而觉得自己像一头棕熊走在众目睽睽的大街上，谁都能看到，我希望自己变成一只能在地下钻洞的小鼠兔不被人发现。

一路上，凡发现有牛羊的地方，我都远远地绕开，没人的地方，就疯狂地奔跑。太阳要落山的时候，我已经进入第二座大山。不能再走了，必须找到一个藏身之处。

站在树林里，山风呼啸。此刻是独自一人了，不会被人发现，我却又是那么孤独、害怕、战栗、想哭。夕阳渐渐沉入山后，我急需找到一个过夜的地方。山里很不安全，一定会有狼、熊，还有漂泊无依的孤鬼。放眼搜寻着山壁，我希望能看到一个山洞。没有山洞。远处几块大石头裸露着，我慢慢爬过去，求佛祖保佑石头后面正好隐藏着一个洞口。在我看来，那是一个绝佳的隐藏地，如果是打猎，可以躲在后面伏击。石头让我失望了，它就只是一块石头，背后没有洞穴。

天边的彩云褪去了颜色，很快森林里就会一片阴暗，变得阴森恐怖。

眼泪不知不觉流在脸上，我不再寻找山洞，爬到一块大石上张望，期望找到一棵能睡觉的树杈。其实我一点儿都不想爬树，有风、很高，我害怕那些枝枝杈杈。就在我爬下石头要朝一棵树走去的时候，突然发现石头下面有一个隐蔽的裂缝。我几乎是摔倒在地上的，借着晦暗的天光趴下往里面看，果然是一个洞！压住内心的兴奋，仔细观察，没有野兽，没有野兽的痕迹！扒开洞口的沙土，当发现一些黑色的东西时，我翻过身，躺着望天，开心地笑了——那是树枝烧过的痕迹。

这不是一个自然的石洞，一定是有人特意挖的，刚好能躺下一个人，瘦小的我在里面很宽敞。感谢猎人，感谢佛祖。我拍拍石头，真心感谢它。

如果石头动了，我就会被压成肉饼，可我一点儿都不担心，如果压死了，也是天意，这里就是我的坟墓。总比被狼或者熊咬死吃进肚子里变成粪便要好。

我捡来一些干草树枝，在洞口生火，火苗呼呼燃烧，温暖而安全。天完全黑下来，星星明亮。要生火，很冷，会有野兽，但又担心堂兄找过来，看到火光，把我抓回去。

夜晚漫长，森林恐怖，不断有神秘的响动，神秘和可怕十面埋伏，伺机而动，要跑过来吃掉我。我不敢待在外面，就把树枝扔进洞里，把柴火拢成小小一堆，悄悄缩进洞里，趴着小心地慢慢地往火堆里添柴。我不敢睡觉，怕一闭上眼睛就被野兽野鬼冲进来抓走。想起老人们讲的起尸，很可怕，但老人们说它们不会弯腰。树枝在火堆里噼噼啪啪地爆裂，红色的火苗幻化成各种形状，张牙舞爪。我蜷缩在羊皮袄里一动不动。不知道什么时候，睡着了。

醒来的时候天已经大亮，火堆早已熄灭，我的头又沉又痛。从洞里爬出来，坐在石头上四处张望，阳光闪烁，鸟儿鸣叫，一切都很正常，昨晚的神秘恐怖像是幻觉。但我知道不是幻觉，夜晚和白天不是同一个世界。

我坐在石头上吃零食，想呆蠢的牦牛，想会说唱格萨尔王的朋友，燕子她们应该已经到林芝了吧。堂兄和师父呢，再见了，永不再相见！呼吸着山林清鲜的空气，头不痛了，我跳下石头，看了看树缝里的太阳，继续出发。今天要穿过草原，再翻一座山，明天就能到德格县城了。

这是一片广阔茂盛的草原，遥远的尽头山峦起伏，没看到牛羊，鹰在高天里盘旋。一些弯弯曲曲的河流，都不是很深，我把背包和衣服高高地举过头顶，慢慢地蹚过去，河水冰凉刺骨。烈日下走了很久，头顶的太阳已经西斜，回头望望，我才走过了草原的一半，山还很远。阳光晒得全身疼痛，我又累又饿，坐下吃东西。

突然，一只方头方脸的藏狐慌慌张张跑了过去，我站起来，它消失在一个洞里。洞里的旱獭要遭殃了。我向藏狐奔来的方向望去，看见两个快速奔跑的黑点。脑袋"嗡"的一声，我明白藏狐为何要那么慌张地钻进旱獭洞了。

两只狼！失去了藏狐，它们看到了我！狼愣了一下，直冲我跑来。速度不快，一前一后，并行了一段，后面的狼横着跑开。突然感到腿间一热,我打了个寒战——我呆住了,尿湿了裤子。前狼已经很近了,另一只狼绕到后面也向我包抄过来。

我猛地抓起背包,不顾一切地向前砸去。前狼惊了一下,放慢脚步,随即弓背炸毛,皱起鼻脸,露出猩红的牙龈,龇着尖利的长牙,瞪着凶残的双睛,向前扑来。

突然闪过出发前师父的叮嘱,我瞬间拔出藏刀,双手死死地握住刀柄,刀尖朝前,胳膊尽最大力气直直地挺出。狼的身体硕大凶猛,越来越近,我绝望地闭上了眼睛。

巨大的力量把我撞倒,一股滚烫的热流扑在脸上,像牛犊粗糙的舌头,像药粉扑进了眼窝,我本能地一把推开,抹着脸爬起。狼横在地上,肚子上插着刀,血呼呼地冒出,淹没了刀柄。可恶的畜生还在抽搐挣扎。我上前一步拔出藏刀,用尽剩余的全部力气朝狼脖子砍去,脖子断了,只剩一层皮连着身体,刀深深地嵌入地里。

狼死了,脖子冒着黑血,不再动弹。另一只狼停住了，愣在原地呆呆地盯着我。我挥舞着手中的战刀，嗷嗷大叫，胡乱地咆哮。狼像狗一样嚎叫一声跑开。我继续大叫大跳着挥舞藏刀，狼在远处不敢近前，却也不再逃开。

我狠狠踢一脚地上的死狼，挥刀砍下它的后腿，向它远处的同伙挥舞。腿上的血肉还温热，我踩住狼脚，一刀划开皮，割下一块肉塞进嘴里大嚼。远处的狼低声发狠嘶叫，我猛一挥刀，它夹着尾巴向后跑了两步，又停下来转过身看我。

我也发狠地对视，一刀，一刀，带血的生肉，胡乱地塞进嘴里，腥臊难嚼，我吃掉了半条狼腿。吃饱了，抹抹嘴，在衣服上擦血。累极了，站着休息，目光死死盯着远狼，我们的仇恨已不共戴天，如果目光是子弹，已把对方射穿无数次。缓过气来，我一脚把地上的狼尸踢翻，开膛破肚，掏出内脏扔在一边，拽起一条后腿，拖着空瘪的狼尸大步向前走去，草上留下一道长长的血迹。走了一段，回头看那只狼，它在那堆内脏旁，焦躁打转，抬头望我，却不敢追来。

又走了一段，狼始终没有跟来。我松了一口气，感到头晕目眩,肚子里一阵反胃恶心。我不敢坐下,怕狼追上来,面向它站着休息,不时奋力抬起手臂装出凶狠的样子挥刀。忽然,它惊慌着撒腿跑开。我忙回头去看,远处正有一个人骑着马奔来。

那一刻我不是庆幸,而是绝望,非常绝望,比看到狼还要恐惧,呆呆地望着远处的人和马越来越近。终于,看清了,那不是堂兄。我一下子泄了气,坐到地上。有那么一瞬间,我握紧了刀,恨自己对堂兄的畏惧,我下决心要不再畏惧他。但这很难,除非杀了他。

骑马的汉子端着枪在距我几米的地方停下,像看一头熊一样警惕地观察我,马也显得惊慌不安。我抬头与他对视,他跳下马走过来,围着我转了一圈,仍然端着枪,看看我又看看狼,一脸震惊地说:"喂,你杀的狼?"他端着枪对我,让我很生气也看不起,心里骂他是胆小鬼,不想回答,干脆装哑巴算了,免得让他知道了我是逃出来的。但我忽然想到自己现在的样子,头发长乱,满脸满身是血,万一他把我当成野人,也许会开枪把我杀了,就点了点头,说:"是我杀的。"他仍然满脸怀疑，看看我手上的刀，又看看被我糟蹋得不成样子的狼尸，终于收起了枪，脸上露出了敬重的神色，说："了不起的小孩。"

他坐到我对面，问："怎么杀的狼，你？"我大概描述了杀狼的经过，往身后指了指杀狼的地点，他听得两眼放光。一把拉我起来，说："朋友，你很厉害，带上狼，到我家里去。"我点点头。他抓起狼在马背上固定好，翻身骑上，看着我。我哇地一声吐了一地，全是那些未曾消化的生狼腿肉。马背上的汉子像是得到了印证，对我更加深信不疑，愈加佩服。呕吐完，我浑身轻松，舒展身体，一跃跳上马背。他开心地哈哈大笑，就像自己打了胜仗，就像载着我是他无上的荣光。他赶着马来到那堆被我剖腹丢弃的狼的内脏旁看了看，又望望远处，说："另一只狼跑了。"

我们在马背上飞奔，听着耳边呼啸的风声，我想起死去的黄马。一马两人一只死狼颠簸了很久，越过一个山丘，眼前现出一片开阔的牧场，成群的牛羊，一顶白色的帐篷。汉子对着帐篷喊了几句，三个个头不一的孩子跑了出来。我翻身下马，摔倒在地。他跳下来，把我扶起，取下狼尸，带我走进帐篷。

帐篷顶上开着天窗，宽敞明亮，物品摆放齐整。大铁炉子上的锅里咕嘟嘟煮着肉，一个女人在翻搅。铁壶里呼呼冒着热气，抬头看见我，她惊吓地叫了一声，三个孩子也跟了进来，毫无遮拦的眼睛一眨不眨地盯着我。最大的男孩看起来比我稍小一些，另外两个是女孩。汉子拍了一把男孩的背，大声笑着说："别害怕，他身上是狼血，这个男孩杀了一头狼，厉害吧！"孩子们明亮的眼睛里充满了不可思议，一脸的崇拜。我朝他们笑了笑，心想，很久没有见过小孩了，他们真幸福。

汉子让女人倒茶。女人惊讶又佩服，不住看我，倒了满满一碗酥油茶，我不饿，但很口渴，呼噜呼噜喝完，她又续上，直到很饱，再喝不下。汉子让男孩带我到河边洗洗，孩子们开心地跑在前面。我站在河边的石头上，觉得自己比那些孩子大很多很多，是大人了。细细地洗脸洗手，腥臊的血味散发，干结的黑色血痂重新变红，把一片河水都染了颜色。我割下一把青草，蘸着河水洗刀，擦衣服上的狼血。擦完了，回头见孩子们仍默默地站在身后直直地盯着我,我露出牙齿,对他们挤眼睛。他们是孩子,我已饱经沧桑。

回到帐篷,坐在地毯上,女人从锅里捞出最好的羊肉装进盆里,放在我面前,要我多多地吃。说声谢谢,也不用刀,我抓起来就啃,直到肚子再也撑不下。女人不说话,忙着手里的活计,不时对着我笑。帐篷里很暖和,有燃烧牛粪的淡淡香气。我心里想着母亲和外婆,拼命忍着眼泪。困意袭来,不知不觉睡着了。

不知睡了多久,我突然警醒,坐起身。面前坐着一位胖胖的喇嘛,穿着杏黄衫儿,是一位和师父一样的活佛。他面目和善地望着我,不知已经注视了多久。他的眼角都是笑纹,丝丝向上,斜入鬓角,但从目光里,我看到深邃、忧虑,还有一丝严厉。

活佛拉起我的手,一起走出帐篷。帐篷外站着那个骑马的汉子,冲着我笑。我们走到河边,活佛撩起清澈的河水,再次给我洗了双手、额头和脸颊,嘴里念念有词。洗完,他对我说,杀生有罪孽,但为了自保,罪孽不重。他已经超度了狼,也要帮我清洗干净。

我顺从,也恭敬,心里却不以为然:有什么罪孽,杀旱獭是为黄马报仇，杀了狼我是英雄！这个世界到处充满伤害！我凭什么要被人无缘无故地弄瞎眼睛，被流放，被毒打！是因为罪孽？是因为我不够强大！杀戮让我充满力量！哪怕是罪恶的力量！

  活佛为我洗完，和汉子轻语了几句，骑马离开了。太阳已经落山，天就要黑了，我犹豫着是离开进山还是留下过夜。汉子说："你今天晚上住下，明天再走，我可以送你。"他不问我是谁，来自哪里，要到哪里去，估计是活佛让他不要问。我对着汉子点点头，门口的女人和孩子都笑了，我能留下，他们很开心。

  那天晚上睡得很踏实。堂兄已经没那么可怕了，我觉得或许已有足够的力量能杀了他。

  早上醒来，身边的三个孩子还在熟睡，汉子和女人已经在干活了。我吃了一顿草原上牧民们平常而丰盛的早饭，酥油茶、糌粑、干肉。女人把我当成贵客一般，依旧一直不停地给我添茶，直到我长期干瘪的肚子鼓胀得像一头牛，再也吃喝不下。我要走了，叫男人不要送我，他也不坚持。男人递过一个牛皮口袋，是我的口袋。昨天杀了狼以后，我所有的东西都丢了，汉子帮我找了回来。袋子里鼓鼓的，打开，是干肉和一小袋糌粑，我的零食和饮料也在。

我诚挚地感谢了他和他的女人，留下一些零食给他们的小孩，这是属于城市里的零食，草原上不常见。我挎上包，披上羊皮袄。汉子问我那头狼要不要带走，我说留给他们。汉子递给我一条项链——一根牛皮绳穿着狼牙。他说："这是你的狼牙。"

这颗狼牙在我脖子上戴了很多年，每当痛苦的时候，它会给我勇气和力量，让我永不退缩，绝不妥协。但同时也增长着内心的仇恨。后来，发生了一些事，我就再没戴了。

天空灰蒙蒙，我暗暗祈祷不要下雨。查看已经破烂不堪的地图，望望山头，确定了方向，穿过一片开阔的草地。终于爬到第三座山顶。透过树林的空隙，一大片房子沿平坦的河谷静静散落在远远的山脚下，终于看到德格县城了，终于要脱离奴隶一般的身份进入文明世界了！

我心情舒畅，真想向着远方开怀大喊，但又怕被人发现行踪，便只默默地心潮澎湃，整了整衣服。鞋子破了,露着大脚趾头,我倒掉鞋里的泥巴沙子,撒了泡尿,准备下山。

突然,砰的一声巨响,一个东西从耳边嗖地飞过。我大吃一惊,跌倒在石头上。半山腰的树丛里有人移动,正端着枪瞄准我!我大叫一声迅速蹲下,又是砰的一声,子弹打在身边的石头上。我大喊:我是人!不要开枪!却因为恐惧和紧张只发出野兽一样的嚎叫声。砰!又是一枪。我连滚带爬地滑下山顶,弯着腰逃窜,脚踢在石头上,树枝抽在脸上,我顾不上疼,在树林里穿来拐去慌不择路。一直跑一直跑,直到一个悬崖边。我躲在一棵大树后,张大嘴巴压抑地喘息,压着快要爆炸的心肺,竖起耳朵。许久,没有声音。

过了很久,我悄悄地爬到山顶四下探望,确定没有人追来,身子一软,瘫在石头后面。恢复了体力后,我机警地下山,一步一停,看看听听,像一条游动的蛇,小心翼翼地不发出响动。下到山脚,我再三仔细侦察,没发现人,没有危险。几匹马在不远处安静地吃草。

我折下一根树枝,轻轻拍打地面,让马发现我,以免我突然出现惊到它们。它们听见动静抬头看了看我，哼了哼鼻子，转了转耳朵，又低下头放心地吃草。我看准了一匹黄马，径直走过去，摸摸它的脸和耳朵，拍拍它的脖子。它不抗拒不排斥，我告诉它要带着它去逛草原。它好像听懂了，很乐意，站着不动。

我翻身跃上，抓住马鬃，伏下身子，猛一夹腿，黄马箭一样飞了出去。风呼呼地刮过耳边，我不住回头张望，怕有人带着枪追上来。狂奔了大约一个小时，到了县城附近。我停下马，谢谢它，让它自己回去。

此时，阴云散去，夕阳悬浮在山巅，县城的房子反射着金光，各色行人和车辆在大街上来来往往，发出吵闹的嗡嗡声。我被一种浓郁的味道淹没，很难闻，是人味，人类群居的气味。

十　人间

　　我企图凭着模糊的印象找到姑姑家，但完全没有方向。在山上望见的只有几条街道几排房子的小城，进入其中，却犹如置身迷宫。天黑了，炊烟四起，灯火万家。这里满是房子和人群，洋溢着人间温暖，我却比在只有牦牛的空旷草原上更孤独。

　　路灯下，长长的影子贴在地上，我不知何去何从。饭店里飘出久违的饭菜香味。肠子像细细的蛇一样在空空的肚子里焦躁游动，蠕动的胃发出咕咕的叫声。我大口吞咽着简直让我溺水的口水，在麻辣鲜香的空气中不停地打喷嚏。这里的空气使我感到虚弱，我艰难地挪动脚步，朝太阳落山的反方向跑去，一直跑到县城外，到沐浴不到人间烟火的荒凉，冷风空旷。

　　从口袋摸出一块干牛肉，塞进嘴里咀嚼，味同嚼蜡。我四下望去，寻找能过夜的地方。路边有几栋尚未完工的建筑，灰白的墙壁上开着黑洞洞的门窗，像硕大矗立的骷髅头。我瞬间想起那座让我眼睛受伤的可恶的房子，心里涌起一阵强烈的憎恶与悲愤：我就是在垃圾堆里睡觉，也绝不进到这样的房子里去。

夜深了，县城像死了一样安静，只有主街道上空空地亮着两排短短的路灯。我带着热热的希望翻山越岭奔来，却耗尽了所有的力气。在一家店铺门口，我脱下羊皮袄，半铺半盖着蜷缩在地上。虽然是夏天，夜里却很冷，比草原上，比山洞里更冷。天上的星星一闪一闪，它们虽然有众多同伴，但从不来往，每一颗都很孤独。

两只流浪狗卧在不远处，不时偷瞄我和我身边的袋子，也许是嫌我侵入了它们的领地，眼神很不友好。我想，狗比我幸福，它们还有父母同伴，我却只有自己。默默地从袋子里摸出一块干肉，远远地扔出去，它们争抢着跑远。我疲惫极了，枕着袋子沉沉睡去。

不知睡了多久，也许是半夜，我被嘈杂的响动惊醒。睁开眼，没有一丝亮光，街灯已灭，一片漆黑，周围发出令人毛骨悚然的粗重呼吸声。我揉搓眼睛,小心地翻身,警觉地四下望去,一群黑乎乎的影子中晃动着点点绿光。我"啊"地一声,大叫着蹦了起来,黑影哗啦一下散开,发出凶狠的咆哮。我被一群狼!不!野狗包围了!

狗群恶狠狠地盯着我。我抽出藏刀挥舞大叫,它们后退了一小段距离,对着我龇牙狂吠,几只个头较大的杂种獒犬,瞪着猩红的眼睛,低下头颅,伏下身子,作势欲扑。

一旦一条狗扑上来,狗群立即会全部扑上,我几分钟内就会被撕碎吃掉,骨头都不会剩下。巨大的危险激发我的潜能,我大喝一声,发出非人的巨大声响,狗群被镇住,愣在原地。我抓起口袋狠狠地丢出去,口袋在空中带着哨声飞过,"砰"的一声落在远处。一群狗头狗眼紧紧盯着口袋,"呼啦"一声转身奔去疯抢,混乱中一片狠叫撕咬声。

瞬间,全城的狗都狂吠起来,越来越多的狗声,越来越近。白天的人城死了,黑夜的狗城疯了。它们是闻到了我的干肉味,听到了同类的嘶吼声来的,如果我舍不得干肉袋子,就得用身体喂饱他们。趁着乱哄哄的一片,我握着藏刀飞快地转身逃走。

恶狗声渐渐远去,我漫无目的地游荡。远处传来江水沉闷的轰鸣。这仅有的声响仿佛一种召唤,不知不觉指引着我来到了金沙江边。深谷里,黑色的流体回旋翻滚。我久久地凝视着。当你凝视深渊的时候,深渊也在凝视你——年幼的我不懂尼采的高深。能适应黑暗了,看清水面了,仿佛阳光升起照耀。波涛变得平静,缓缓流淌,水流温柔,我随脚下的大地无声地倒退,越退越快,越来越远。

一个强烈的念头突然发生:我要追上它,不然会被抛弃。追上它,跳入江水中,会像小时候躺在母亲的怀里一样温暖安全。阳光照耀,鲜花盛开,油滑的水面上浮光掠金。走进去,就像回到家一样。水花扑在脚上,像母亲温柔地哼着歌儿在抚摸,我感到深深的平和喜乐。

突然,咣咣咣几声在身边震响,我猛地一惊,如大梦初醒,不知身在何处。一只虎头藏獒在不远处向我狂吠,龇牙发狠。而我站在江边,江水已没过小腿。

昏黑的深流在眼前奔腾翻滚回旋轰鸣。我心想可能碰上了不干净的东西，运气太差，被水鬼迷惑。六字真言脱口而出，解开裤子撒尿，抽出藏刀挥舞，吐着口水大骂脏话。一顿发疯撒泼，发泄着恐惧与愤怒。

藏獒又汪汪地叫着转身沿一道斜坡慢慢往上爬，是它救了我，在最后一秒把我从死亡边缘喊了回来。然而县城里的狗群仍让我心有余悸，我捡了块石头藏在手心，保持着距离跟它爬上公路。藏獒头也不回地跑开，消失在黑夜里。

一弯新月挂在天上，星星发着冷光。脚冻麻了，能生一堆火就好了。可惜我所有的东西都在包里，被狗吃掉了。我跺着脚，浑浑噩噩，瑟瑟发抖，沿着公路漫无目的拖着脚步。我很累，疲惫低落，但没有睡意，无处可睡，不敢睡，不能睡。东方的天空渐渐发白。

我又回到了之前的地方，天亮了，狗群已经散去，就像从来没有聚集。它们三三两两地趴在街上，懒懒散散，无辜无害。夜晚和白天不是同一个世界，狗的身体里住着两种灵魂，夜晚，它们由恶魔主宰。

披着羊皮袄，我蹒跚到墙根紧紧蜷缩，等着我的同类——生活在城里的人类复活。太阳从山顶升起，照在东边的墙上，房子里传出人们饱睡清醒后的响动。我瑟缩着挪动身体追逐阳光，光照在身上，我在温暖中打着哆嗦。迷迷糊糊中，我听到一个四川口音的男人哈欠闷声地说：哪来的一个小乞丐。我一动不动，继续瞌睡，太困了，要死了一样地困。谁也叫不醒一个真正要睡的人，踢也没用。在阳光里，我一直迷迷糊糊地睡到中午，才终于有了些力气。

这是一家饭店，陆陆续续有人进去吃饭。房子里飘出锅碗瓢盆的叮当声，还有让我倍感痛苦的香味。胃一阵一阵抽搐着疼。干肉没有了，也没有钱，除了一把藏刀，我一无所有。我扶着墙站起来，眼冒金星。各种香味越来越浓烈，我几乎忍不住要跑进去要饭、抢饭。手指紧紧地扣着墙，牙齿把嘴唇咬出了血，咸咸的，苦苦的，臭臭的。

我艰难地转身，两条沉重的腿带着我向城里走去。我是一个快要饿死的小乞丐。马路上车来人往，偶尔有人看我一眼，又迅速移开视线。我很虚弱，机械而麻木，兜兜转转中，我终于找到了姑姑家那排新盖的两层楼。

街道上没有人，我不确定是哪一家，隐约记得是一面红色的大门。找到了，我轻轻地拍门，没人应答。拍了很久，仍然没人出来，但屋里传来说话声，其中一个女声很像我之前听到的姑姑的声音。拍门的声音不知不觉加重，屋里有人走出，"砰"的一声大门打开。

一个年轻的男人站在门里，低头看到我，瞬间皱眉瞪眼："你找谁！"

"我找姑姑。"我有气无力。

"谁是你姑姑？"他不耐烦。

"我是阿布……"我怕他关门，但又不知道姑姑的名字，"两年前我和爸爸来过……"

"滚！"他"砰"地把门关上。

房子里传来一个女人问话的声音，那个男的应答说是一个乞丐。

这是真的，虽然我自己都不敢相信，可这是事实。这种情况在藏区少见，但发生了，就发生在我身上。

长久以来支撑我从远处奔徙而来的力量陡然消失，我像一个被抽去骨头的人，像一个自杀后的鬼。

无处可去，肚子饿得疼，直不起腰，鬼使神差地又来到城外的饭店门口，倒在墙根下。饭店里的香味像鱼钩钓着鱼一样把我钓住，又像勾魂一样勾着我走。

突然，一只大手把我推了个趔趄，我才发觉自己已经挡在了饭店门口。几个康巴人走进去，推我的康巴长着一脸浓密的络腮胡子，一脸凶相，挎着藏刀，背一个鼓鼓的牛皮口袋。饭店里有两个人坐在简陋的桌子前吃饭，康巴人巡视了一圈，在中间的桌前坐下，将牛皮袋轻轻靠在桌脚。

络腮胡子用四川话大声叫："老板！"声音生硬粗野，露出两颗大金牙。一个精瘦的四川男人细碎步走过来，他眼神机警，而脸上挂着笑问："你们几个吃点儿啥子，有炒菜、米饭、面条和饺子。"

络腮胡子看了看旁边的桌子，指着一个吃炒饭的人说："四个那样的！"

老板笑着说："要得！"转身要走，又扭过头问："四个炒饭都一样的吗？"

络腮胡子瞪了他一眼,说:"四个那样一样的!"

"要得要得。"老板仍是笑,人很好的样子。一会儿,他又从厨房里探出头问:"四个炒饭都要海椒不要?"

络腮胡子又瞪了他一眼,嗓门很大地叫:"你这个人啰唆得很,四个那样一样的,快点!"

四川老板笑着缩回头去。

我紧盯着一碗面条。

细细软软沾着辣油葱花的面条被两根长长的筷子挑起,送到两片胡子拉碴的嘴唇边,两片厚厚的嘴唇嘬起呼噜一吸,面条钻了进去,海椒沾在嘴唇上油亮亮的。一条红色的舌头迅速舔了一下,嘴唇干净了。筷子又挑起一卷面条送到嘴边,几次过后,几根粗大的手指端起碗,稀里呼噜地把漂着油花的汤倒进大嘴。大嘴被一只大手抹过,叼起一支烟,火亮了一下,一缕长长的白烟冒出来。

当被抽烟的人推了一把时,我才反应过来,已不知不觉走到饭桌前了,像个饿死鬼一样地盯着别人的嘴。

瞬间觉得自己太丢人，我擦擦口水，转身要走。

四川老板给几个康巴汉子端上炒饭，转过来笑着问我："小兄弟，来碗面条？"

我咽了咽口水低声说："来碗面条。"

老板大声说："要得！"又接着问："你有钱吗？"他乜斜着我，指尖快速地搓动示意。

我想了想，说："没有。"

"没钱你要啥子面条！"老板不笑了，像一条突然翻脸的狗，我吃惊地望着他。

"看啥子看，我是做生意的，不是菩萨。"他瞪着我，又瞥了瞥旁边的几个康巴人，眼神有点儿飘。

几个康巴正盯着他。

他转身收起桌上的碗筷，掀开门帘，钻了进去。

络腮胡子把筷子"啪"地摔在桌子上，大叫："小四川！"

老板从厨房出来，笑着问康巴："还要些啥子？"

康巴面无表情地说："你的炒饭盘子这么小，再来八个。"

老板笑着说："要得要得，还是要一样的吗？"

康巴瞪着他说:"八个一样的。"

他笑着转身要走。

康巴说:"再要一碗面条。"看了看我,"给这个小兄弟。"

老板笑着对我说:"找地方坐哈,小兄弟。"转身要走。

康巴又补充道:"面条要和刚才那个人的一样的。"

"要得要得。"

我傻站着,愣愣地望着络腮胡子,他依然冷峻强悍,面无表情。似乎觉察到我一直盯着他,他停止吃饭,转动脖子看向我,眼睛如湖,平冷无波。突然他做出凶狠样子,又瞬间狡黠地挤了一下眼睛,咧了咧嘴露出大金牙。我的眼泪一下涌出来,低声说:"吐切哪。"

另一个康巴汉子指了指旁边的桌子,示意我坐下,他的脸黑红多肉,没有络腮胡子,眼弯如月,模样慈祥。

面条端上来,我发现自己对如何用筷子已经陌生,便端起碗,用筷子往嘴里拨,稀里呼噜没几下,碗就见底了。吃了太久的糌粑、奶渣和干肉，此刻这些有调料的面条真的太好吃了。我捧起碗，把汤喝得干干净净，就差用舌头舔碗了，实际上我很想舔，刚吃下的面条所增长的大部分力气都被用来克制这个愚蠢的行为了。轻轻地放下碗，我辣得直吸溜嘴巴，感觉胃里还是空空荡荡。又听见络腮胡子说："小兄弟，再来一碗？"

我用眼睛询问：可以吗？并再次用敬语感谢他，感谢他们。

这一次我想吃慢些，但面条太滑，没吃几口又没了，我又端起碗喝了个底朝天。

康巴汉子们吃完炒饭，坐着看我。络腮胡子咧开嘴，露着大金牙说："饭量比人大，再来一碗？"

我点点头。

"老板，面条一样的再来一碗。"康巴对着厨房喊。

"怎么不一下子要三碗……"小四川低声咕哝。

"叫你来你就来嘛，你这个人啰唆得很。"

"要得要得，能吃三碗，好大的饭量。"小四川也对我笑。

这一次，我吃得慢些，肚子不再像之前那样空空了，像突然饱了，撑得厉害。还剩小半碗的时候，我吃不下了，摸摸圆鼓鼓的肚子，对着康巴不好意思地傻笑。他们已经吃完，正没事儿干，坐着看我。络腮胡子哈哈大笑，露出大金牙："我以为你能吃10碗呢。盐井加加面，我吃了143碗，这个纪录至今还无人打破。"

络腮胡子对我的能吃表示出很大的赞赏，兴奋起来，对老板说话也不再那么冷酷："老板，收钱喽。"

老板从厨房出来，在围裙上抹着手准备收钱，而桌子上只有一堆空盘子，康巴汉子们谁也没有掏钱包的动作，并露出一副似笑非笑的赖样子。

络腮胡子笑着说："老板，钱没有，虫草有，要得不要得？"说着推开盘子，提起牛皮口袋轻轻放在桌子上打开，亮出一堆长着尾巴的黑泥蛋。老板的脸立刻变成了马脸，又长又红，说："啷个是虫草嘛，我要钱，要现金。"

"虫草就是钱啊，比钱还值钱。"

"虫草是虫草，我只收现金。"

"刚下山，虫草没卖，现金莫得。"络腮胡子说的是实话，不过也是有点儿赖。

老板站着不动，康巴们也沉默。气氛尴尬。

"要不先记账，等我们卖完了虫草，再过来给你钱？"

"不行。"老板很坚决。

络腮胡子瞪着他，眼睛放出凶光："那你说怎么办吧！"

"那就虫草吧。"四川老板无奈。

络腮胡子张开大掌伸到牛皮袋里，一把抓下去，粗大的手指慢慢收拢，轻轻抓起一把。包着黑泥衣的虫草从粗大的指缝间漏下，一根根落在桌子上，堆成一小堆，十根。

络腮胡子盯着老板："够不够！"

老板说："嘞个啷个够，才十根，你们吃了十二个盘子三个碗。"

"十二个盘子三个碗好多钱？这些都是大虫草，一根十几块钱，这都几百块钱了，多多的有了。"

"那你给现金。"

"那没有现金。"

"那再加五根。"

"一袋子都给你吧！"

"不要一袋子，再加五根。"

"不加。"

"四根。"

康巴不说话了，盯着老板。老板点烟，看向别处。空气凝固。

"两根。"老板吐出一口烟说。

"你个精明的四川瓜娃子。"络腮胡子笑骂。

络腮胡子又从袋子里摸出两根，放在桌子上的一小堆里。老板一脸无奈，却也只能收起。事实上他赚了，虫草很值钱。但他并不想赚，他还是想要现金。

康巴汉子背起虫草，大步离开，走在最后的一个少年对我扮了个鬼脸。

我跟出门，目送他们走远，突然觉得肚子剧痛。

面条几乎全吐了，我难过地掉下眼泪。

待肚子不痛了，我急忙跑进饭店。

桌子上空空荡荡，老板已收走了还剩下小半碗的面条,正倒进潲水桶里,我眼睁睁地看着,张着嘴巴喊不出话。潲水桶里飘出复杂的香味,有点儿恶心,有点儿诱人。

出了饭店,我无处可去,四下游荡。夕阳斜下,我又回到墙根,盯着天边金色的云彩。云彩里真美,里面一定住着神仙,住着佛祖,是极乐世界。太阳完全沉默,云彩褪去色彩,天幕青成一色。无论什么季节,没有太阳的时候会立刻寒冷,天高地阔,冷风如刀,高原的稀薄空气里藏不下温暖。四川老板叼着一支烟出来,仰头拉卷闸门。卷闸门生涩难拉,烟熏呛了眼睛。烟头掉在地上,在风里明亮地滚动。他扭头看了一眼,骂了一句"格老子",锁好门,骑着摩托车带着他的女人离去。我追上风里滚动的烟头,捡起来叼在嘴上,也骂了一句,格老子,真难抽。

天黑了,野狗多起来,在我附近打转,鬼鬼祟祟,眼神贪婪阴险。我抽出藏刀恶声咒骂:"格老子,昨天给你们肉吃,你们竟然叫同伙抢我,狗东西,砍死你们。"我跳起来,扬刀作势欲追,狗东西们夹着尾巴闷声跑开。过了一会儿又转回来,但不敢靠近我,卧在十米外,警惕地竖着耳朵。我举举刀,它们低眉顺眼,望向别处。

  星星不管人间事,在天上发着冷光。此处距林芝一千多公里,我身无分文。感觉自己回不去了,悲伤。沉重的悲伤中我在墙根睡了一夜,饥饿、寒冷、恐惧,通通无感,哀莫大于心死。

十一　朝拜

第二天，饭店里依然很香。我等人少了，走进去见老板。老板正和他的女人手脚忙碌收拾碗筷。

"老板，我想吃碗面条。"

"你有钱了？"

"没有。"

"有虫草了？"

"没有。"

"那凭啥子吃面条！"

"我很饿。"

老板娘说："娃娃可怜，给他煮碗面条去。"

老板哼了一声，走进厨房。

老板娘麻利地擦桌子扫地，问我家在哪里，干什么的。我告诉她家在林芝，给寺庙放了两年牛，不想干了要回家。

林芝那么远,怎么回去?

等碰到要去拉萨磕长头的人,和他们一起走路回去。

晚上睡在哪里?

就睡在饭店门口。

老板端来满满一大碗,面多汤少,顶昨天的两碗。我用筷子稀里呼噜地卷面条,老板娘叮嘱我慢慢吃。她和老板低声商量了几句,对我说:"你没地方去,可以先在店里干活,洗碗扫地擦桌子,店里管饭。"我真的很意外,非常开心,真诚地感谢他们,告诉他们我会劈柴。老板打量着我,一脸的不相信。

我吃完面条,抹抹嘴,让他带我到柴房。斧子很大,很趁手,我咔咔劈了几根,技术娴熟。老板点了一根烟,眯笑着对他女人说:"看不出来,这个小子要得哈。"我问能不能睡在柴房,什么都不要,我有自己的羊皮袄,老板爽快答应。

吃完饭,我向老板借了香皂,到远处的河里洗头洗澡,要在饭店里干活,身上不能太脏了。在冰凉的河里，我一丝不挂，像鱼儿一样自由。

我清清爽爽地回来了，老板娘说在柴房放了床垫和棉絮，让我自己去铺。在地上整齐地码了两层柴，摆成矮床，铺平垫子躺上去，非常柔软。太久没有躺在柔软的床垫上了。躺着，盯着棉絮看了很久，我最终没去打开。有羊皮袄就够了，不能怕冷，回家的路上，少不了挨饿受冻，我要习惯冰冷和坚硬，铭记坚硬和冰冷，要有坚强的意志，不能让任何柔软将心底的恨意冲淡。我打算把床垫和棉絮还给老板娘，却舍不得这份温暖的情谊，默默地卷起来靠在一边。我想，不管老板笑与不笑，骂不骂"格老子"，他和老板娘都是心地善良的人。

大部分时间我待在房子里。要么在厨房洗碗，要么在柴房劈柴，其余时间躺着睡觉。以至于我发现自己的皮肤正在慢慢变白，头发在慢慢变黑，慢慢地像一个文明社会里不再习惯雨淋日晒的人。我变得健康红润，肚皮不再像一层黑薄紧绷的铁皮，腹肌不再像一条条风干的牛肉，胫骨不再像出鞘的刀子那么锋利。我胖了一些，也高了一些，像一块干透的木头吸水后迅速膨胀。衣服鞋子都有些紧绷了。这种圆润让我害怕，我怕自己变得虚弱，坚冰被融化就不再烫手，不能再当刀刃了。为此，我隔几天会到野河里游泳。的确，我虚弱了，因为河水变得冰冷刺骨难以忍受。

有人进入饭店，我就像草原上的旱獭一样警惕地竖起耳朵，确定不是堂兄和师父的声音后，才会放心。洗碗的时候打碎过几个盘子，被老板骂过几句"格老子"，我跟他要烟抽，他也偶尔发一支，说，格老子的。每天都能吃饱饭，但面条再也没有第一次那么好吃了，也再没有吃过三大碗，再没有吐过。

我盼着秋天。忙过了秋收，路上朝圣的人就会多起来。

大概过了一个月。一天上午，我正在柴房劈柴，一扭头，看见马路上一头驴子拉着板车，板车前插着五色风马旗，装着帐篷锅碗和一些口袋，一对年迈的老人脚步沉重地跟在后面。他们右手摇着转经筒，左手吊着长长的念珠，目光前视，脚步缓慢而坚定。

我扔下斧头，冲进饭店，掀开厨房的帘子，兴奋地喊：来了，来了，我要走了。老板和老板娘放下手中的活计，跟我出来望向马路。阳光下，毛驴拉着板车慢慢走远。

沉默了一会儿，老板问："要走了哈，要回家了哈。瓜娃子，带点儿啥子东西不？"

"我……要一袋糌粑路上吃。"

"还要些啥子？"

"不要了。"

老板弹出两支烟，他一支我一支。闷头抽了两口，骂了一句"格老子"，骑着摩托车走了。

老板娘在围裙上擦着手，说："你去收拾一下东西，把垫子和棉絮带上，天冷了，不能睡在地上。"

"我不冷，习惯了。"垫子和棉絮被我卷起来后，靠在墙边，再没有打开过，他们知道。

"以后还来德格吗？"

"再不来了。"

"你会记得我们……这个饭店吗？"

"谢谢你们给我饭吃，给我地方住，你们是善良的人，我会永远记得你们。"我真心感谢他们，掉下眼泪。

老板娘也红了眼圈。

摩托车回来了,驮着一大袋糌粑,一个空的蛇皮袋。

"这个,路上吃,这个,装铺盖。"老板对我说。

"我去煮一碗饺子,吃了再走。"老板娘转身回了厨房。

我怕毛驴拉着板车走远了赶不上,给老板娘说不吃了。

老板说:"急啥子,有摩托车。"他轰了轰油门。随即熄了火,转身走向柴房。

满满一大碗浑圆滚烫的饺子,很香,我的眼泪掉在碗里。老板娘不说话,用围裙擦手,看着我吃。

等我吃完,她从围裙兜里掏出一把钱,理出一叠十块钱递给我说:"这是一百块钱,装着,路上用。"

我不要,坚决不要,老板娘说:"拿着,买双鞋子穿,路好远哦。"

"不用买鞋,我有鞋。"去河里游泳时,我把黄胶鞋洗干净,一直放着再没穿。

"你那个鞋子都烂得像个牛粪坨坨了。"

"我不穿鞋也可以。"我已经习惯不穿鞋了，脚底有厚厚的茧子，也不觉得很冷。

老板从柴房出来，接过钱塞进我口袋，把糌粑和鼓鼓的蛇皮袋跨在车两边，嘴里叼着烟，说："走，上车。"

摩托车载着我走远，回头望见老板娘还站在路边，我向她挥挥手，她也挥挥手，又抹着眼睛。阳光拉长了她的影子。

老夫妇依旧跟着板车慢慢在走，摩托车超过他们，减速停在路边。老板对我说："你自己去跟他们说。"

我走了几步，毛驴越来越近，我回头望老板，他抽着烟，说："去撒，喊爷爷奶奶。"

我希望老夫妇看我一眼，但他们只专心摇着转经筒，走一步捻一颗念珠，眼睛望着前方，仿佛这世上除了眼前的路，再无其他。

"爷爷奶奶，你们是要去拉萨朝佛吗？"我终于鼓起勇气。

他们没有看我。我又说了一遍，声音大了些。他们终于看见了我，眼神聚焦在我身上，老爷爷吆喝了一声，驴车停下，他问："你说什么，孩子？"

"我想和你们一起去朝佛。"

老夫妇上下打量了我一番，又四下看看，看到了跨在摩托车上抽烟的老板。老夫妇相互对视了一眼，老爷爷说："走吧。"

老板掷下烟头，从车上卸下口袋，肩扛手提，快步走来，把口袋放上板车，对老夫妇笑笑。

都放好了，老板还站着，一副不知所措的样子。老爷爷吆喝了一句毛驴，板车动起来。我使劲挥手，心里有巨大的不舍。老板掏出烟来含在嘴里，又不小心掉在地上，我听见他高声骂了一句"格老子的"，发动摩托"突突"着远去，头也不回。

毛驴拉着板车，阳光下，两老一小跟在后面，默默前行。老人们摇着转经筒，口中念念有词，小人两手空空。地上的影子很长，路边的树叶沙沙响。

我们走得不快，但脚步坚定，心无旁骛，义无反顾。太阳开始西斜的时候，已经走出很远，累的时候停下来歇歇，实在走不动时，在板车上坐一会儿。事实上，我们很少歇，更很少坐板车。内心专注，不慌不忙，忘记了身体，也忘记了身体的疲劳。

离城越来越远，路上的行人越来越少，来往的车速很快，从身边呼啸而过。天蓝得深不见底，颤颤巍巍，江水黄绿黄绿，在峡谷中闷响，青色的山林有些部分已经开始泛黄。我的心里，满怀期望，又忐忑不安。

从踏上朝圣之路的那一刻起，时间和距离就没有了概念，天亮即行，天黑即停。天将黑时，路边出现一片开阔的草地，是个可以安营扎寨的平坦地方。老头吆喝毛驴停下，前后望望车，牵着驴走到草地上，默默地卸下锅具水桶物件。我找来三块石头支好锅，又去捡柴火。老妇生火烧水煮茶。茶煮好了，我们默默地揉搓糌粑，不说话，像三个哑巴。毛驴也默默地低头吃草，也是个哑巴。只有空中的风和金沙江里轰轰的水声。

一辆汽车从德格方向飞速驶来，在我们身边减速停下。我迅速把头发拉下来遮住脸，转过身躲到板车后面。车上下来一对中年男女。看到不是师父和堂兄，我松了一口气，继续吃糌粑。

女人"扑通"一声跪在老人面前，流着泪悲伤地乞求着什么，是康区方言，我听不太懂。过了很久，他们开车离去。我从板车后出来，和老头一起默默地收拾锅具，放回车上。老妇端着小盆，给毛驴喂糌粑和水。我不晓得发生了什么事，但一定是很大的事，而这对老夫妇看起来淡定得像无任何事情发生。

一路上，我始终用又长又脏的头发遮着脸，警惕着每一个过往的车辆，看到车子减速，便躲起来。有人举起相机拍照，我也转过身去。

我默想那个跪在地上的悲伤女人说过的话，猜测着她的悲伤。女人似乎是老人们的女儿，哭着求老人不要离开，她要去给哥哥报仇，但老人坚决不同意她去报仇，坚决要走。

夕阳西下，最后一抹余晖洒在路面，风声呼啸，江水奔腾。我想，每个人都有各自的悲伤，就像荒野秋天的悲凉。

晚上，我们在山坡的平地上架起帐篷，生火、煮茶、吃饭，老夫妇在临睡前摇着转经筒，捻动念珠，诵唱经文。我们是沉默的一行人，几乎没有任何交流，他们之间没有，他们和我也没有，毛驴也是默默的，而我喜欢这种沉默。我能感受到各自生命中的沉重，这种沉重已是生命的本身，无从表达也无须表达。

日复一日，不论刮风下雨，我们每天都坚持前行三十多公里。路上遇到磕长头的人，偶尔会停下短聊几句。穿过城区时，路人会过来布施些零钱。

吹在脸上的风越来越硬，江水越来越绿，瘦且平静，山色五彩斑斓。路途虽然辛苦，老夫妇的神色却一天比一天平静，之前的沉重悲苦日渐褪去，他们黑瘦沧桑，藏袍晃荡，但眼底透出平和的光彩，走路轻松轻快了很多。生火、做饭、喂毛驴、搭帐篷，这些体力活计，我成了主力，平静而快乐。我们仍然走得很慢，仍然沉默，然而温暖、和睦、和谐，与天地融为一体。

一千多公里。二十天后，我们差不多已走过一半。一个月后，出了昌都地界，我的心轻松许多，不再对过往的汽车高度警惕。在我看来已经走得够远了，堂兄他们一定追不上了。

无尽的山连着山，一片森林隐入另一片森林，路蜿蜒无尽，江河轰鸣，田野、村庄、车辆、蓝色、绿色、寥廓、迷蒙，日复一日。在路上久了，心变得平和，一切过往仿佛前世的记忆，变得模糊，心里的恨意不再如之前般尖锐沉重。山路起伏，天气变幻，翻一座山，如穿行四季。天气晴朗时，我们敞开藏袍，下雨飘雪时，我们穿上雨衣。遇到漫水路，我们都坐到板车上，尽量不把鞋子打湿。

十二　故地

进入波密,距林芝市区就只剩下两百余公里了。这是一个温暖的小县城。街道上牛马徜徉,蓄着长发的年轻人飙着摩托车飞过,撒下一路狂放的藏歌,阳光里浮尘飞舞。人们悠闲自在,商店门口台球桌上的石球滚到马路上,小孩们追着捡起。不时有人掏出零钱递给我们,我们接过,双手合十感谢。在波密,我们补充了些糌粑茶叶。

林芝越来越近,风景也变得更美。老头依然像山一样沉默,老妇的话稍微多了些,休息的时候会和我聊几句。一路上断断续续,我把自己的身世经历讲给老妇人听。

鲁朗是最美的地方。朝佛的人啊,到了鲁朗就不再想念家乡。森林茂密随山起伏,如大海的波涛;山青水绿，草原开阔，牧人的房屋或聚或散，安静地坐在白云下。我们被这里的美景深深地吸引，禁不住走得更慢了。

夜晚，在草原上搭好帐篷，红红的火光映着老妇脸上的皱纹，额前的白发，那身影，像我的外婆。吃过晚饭，念完经文，没有立刻睡去，三个人坐在火堆旁，遥望天上的星星。

老妇人说：我有两个儿子和一个女儿。小儿子在山上挖虫草，和人打架，被人打死了。大儿子不听劝，去给弟弟报仇，也被打死了。女儿要去给哥哥报仇，我们拼着命也不能让她去啊。我们把房子、牛羊，所有的东西都卖了，再不回去了。去拉萨、日喀则、阿里，冈仁波齐、玛旁雍措，转山转水转佛塔。只要还活着，就一直走，赎罪。我们一定犯过很重的罪孽，前世和今世。死在路上，就解脱了。来世就能平安幸福。

这是多么巨大的悲痛，他们一定悲伤得心都碎了。老妇人却很平静，仿佛在讲传说中古老的往事。哀莫大于心死。

色季拉山的秋美得凄凉，山路回环，仿佛没有尽头。下过雪的路面被车压过，结冰打滑，毛驴站不稳，平板车几次滑到路边。我们走得更慢了，每天前行的时间大大缩短。有一整天时间，我们都没法儿前进，只好在路边扎帐篷休息等待。

路上的车子追尾、滑到沟里，发生了多起交通事故，堵了很长的车，一些司机和乘客到帐篷里烤火取暖、喝茶、吃糌粑。有人给我们拍照，有人给我们钱，会给很多。我们不要，他们也会悄悄地留下，压在垫子下面或塞在糌粑袋里，又或者在帐篷角落，各种地方。他们走了以后，我们收拾东西才发现。不知道谁放的，来来往往的人很多。

色季拉山垭口，海拔四千多米，放眼望去，我们如在童话中，一片美丽的冰雪世界。空中的雪花飞旋，远近雪峰苍苍莽莽。我们清出一片雪地，扎下帐篷，生火煮茶。

这是一座大山，年轻美丽，即使在冬天，也美到别致。林芝，就在她的脚下，像她长裙上的坠饰。从她的肩膀，一路慢慢环着她的腰身，走过五彩的裙裾，走过美丽的鞋子，我将会到家。这真的是一座美丽的大山，值得去看看，在任何季节。在垭口，运气好的话，可以看到南迦巴瓦峰，那是一座英俊无比的山峰，像一根刺向天空的长矛，世界有名。

天空阴沉，雪时下时停，看来是我运气不够好，没有看到英俊的南迦巴瓦峰。一整天，我心神不宁。夜里，我发烧了，在火堆旁不住地打哆嗦。老夫妇不停地念经祈祷，求佛祖保佑。老头拿出随身小刀，在火上烤过，割破我的手臂放血，又敷上师父给我治眼伤的藏药。我挨着火堆，迷迷糊糊睡了一夜。

第二天上午，艳阳高照，银装素裹，放眼苍茫大地，久了，眼睛被刺得生疼。我的烧退了，胳膊上的刀痕也已结痂。自从离开家，这是除了挨打和眼睛的伤痛之外，唯一的一次生病。

林芝越来越近，我越来越焦虑，心情像脚下的路一样百转千回。一种难以名状的情愫让我焦躁不安，甚至呼吸困难。那栋三层楼、父母和外婆的身影、横架河面的大桥，一幕幕过往频频浮现，而我心里没有高兴，更多的是难过、悲伤甚至愤怒。

老夫妇感受到我的情绪,开导说,孩子,快要见到父母了,这是高兴的事。吃了这么多苦,就是为了回家啊,过去的事情就让它过去,该放下的就放下吧,我们遭遇那么大的痛苦,不也一样地要承受,要放下吗。

最后一段路我走得恍恍惚惚,很不真实,仿佛穿行在透明的果冻中。印象深刻的是阳光照在道路两旁的白杨树上,金黄的叶子在秋风中簌簌飘落。

八一镇变化很大,远远望去,立起很多高楼,原来的砂石路面也铺成了水泥路。我知道家的位置,但潜意识在抵触,刻意不望向那个方向——家的方向——会冒出袅袅炊烟的家的方向。

终于回来了,我历尽艰辛从千里之外光着脚板终于一步步走回来了。家,就在身边,就在眼前,拐个弯就到,我却不想停下脚步。

路过它吧,路过这里,沿着大路,脚步不停。就像路过沿途的每一个陌生村镇。跟着老夫妇和毛驴板车一起去拉萨,去冈仁波齐、玛旁雍措,一直流浪下去。

磨磨蹭蹭，终究还是快要出八一镇了。尼洋河上的桥还在，桥头自由市场的变化很大，空地上在盖房子，没有热闹成群的生意人，已过了挖虫草的季节。

老头牵着毛驴将板车停到路边，对我说："孩子，你到家了，回家吧。"老妇摸摸我的头，说："回去吧，孩子，到家了。"我在路沿石上坐下，埋着头。他们也坐下，挨在我身边，轻轻抚摸我的背，拍我的肩。我很想大哭，便不管不顾地放声大哭，痛哭，涕泗横流，悲伤不已。他们两个也老泪纵横。过了很久，我停下来，擦干眼泪。老头要从板车上取下我破烂不堪的铺盖，我摇摇头说，不要了，什么都不要了，我到家了。

紧紧拥抱，转身离去。

走出一段，回头张望，他们还站在原地，我向毛驴板车旁的两个身影挥挥手。他们也挥着手，远远地望我。阳光下，泪水止不住地流。

大概是我离开得太久了，眼前的家似乎老了，像个垂暮的老人，黑矮败旧。外婆坐在门口的凳子上晒太阳，瘦得像一副披着衣服的骷髅。她依然光着脚，棕色裙子下松弛的皮包着胫骨，像一段枯木。头发全白了，稀疏蓬乱，黑黄的脸像晒干了的青核桃，嘴角垂着涎水。我轻轻地走过去，她转动浑浊的眼珠对遮住她阳光的影子说："走开，我没有钱。"我愣了一下，默默地走开。

外婆没有认出我，当我是一个讨钱的乞丐。我涣散了，沉重地踱步到河堤上。河堤旁的草地正在整修美化，到处破破烂烂，杂乱无章。尼洋河道很宽，河水很瘦，蓝蓝地静静地淌过。石滩、青山，风吹过脸庞，似乎还是小时候的感觉，但又不同了，凉凉的，远远的。是河水带走了一切吗？

我朝河中走去，流水的声响一如从前，熟悉的是温暖的。河滩里突然冲出一条大狗，汪汪汪地朝我吠叫，我站在冰冷的河中，急流没过小腿。

我从恍惚中惊醒，醒悟：这是我的家啊，我到家了，我要回家！我从河里奔出，翻越河堤，大步朝家走去。

外婆不在门口，门关着，我咣当一脚踹开。院子、房子都还是小时候的样子。父亲从房子里出来，脸上的表情在变，愤怒、大吼，转为迷茫，继而是惊恐、悲伤。他仿佛站立不稳，踉跄着差点跌倒，后退两步扶住门框，退回屋子里。我嘿嘿地傻笑着。母亲和外婆先后从厨房里出来，愣愣地瞪着我。我仍在笑，不知道为什么要笑，就这样笑着，像小时候那次。我不知道他们是如何能认出我的，我的变化很大，衣衫破烂，蓬头垢面，完全的乞丐样子。

母亲哇地一声大哭，外婆叫喊着："是阿布吗？阿布回来了，我的阿布回来了！"母亲奔过来紧紧抱住我。我快比母亲高了。外婆晃着我的手说，"我的阿布回来了，阿布回来了，快进屋里"。我被牵着，摩挲着，木然。屋里的陈设和我走之前没多大变化。父亲坐在藏床上，在喝酒，红着眼睛。

我的目光在他们身上打转，嘿嘿的傻笑。他们有些不知所措。

父亲放下酒杯，醉了，一言不发。他驼着背，缩着身子，带我去理发洗澡，换干净衣服。两年多不见，他老了很多。再回到家，母亲已做好了丰盛的、热气腾腾的饭菜。我坐在桌前,感觉自己终于变回了人,变成正常人了。再不用担心被抓回去了!我很开心,也不说话,一刻不停地吃饭,一碗又一碗。母亲和外婆不停地给我夹菜,仿佛我是尊贵的客人。父亲又在喝酒,大口地喝,一杯又一杯,酒洒了一身。

吃饱了,我用袖子擦了擦嘴,坚定地看着父亲说:"他们再也不能打我了,我再也不去德格了!"

母亲的眼泪滚落,她捂着脸,再次大哭。父亲重重地把酒杯蹾在桌上,瞪着血红的眼睛说:"不会了,再也不会了。是阿爸不好,不该送你去德格,阿爸错了。"说完又倒满一杯酒,仰头灌下,"当时只想把你送到康区的老家,换个环境,远离这个伤心的地方。"

晚上睡在暖和的房间里,床垫软得不真实。

一定是为了补偿对我的亏欠,母亲变着花样给我做好吃的,父亲也格外温柔,外婆几乎时刻陪在我身边,不时摸摸我的手,摸摸我的脸,仿佛在确认我真的存在。我感受到了久违的亲人的抚慰,然而这些热情、温暖却让我很不自在,街上的喧闹也让我憋闷。我开始怀念草原的辽阔,旷野的寂静,怀念不说话的牦牛。

哥哥在上学，放学回到家我们会见面，但我们很少说话，像毫无关系的陌生人，比陌生人还隔着一层障壁。我和他，从来就没有熟悉过，觉得这辈子都不会熟悉了。那次似乎是唯一一次愉快的玩乐，却导致我陷入了深重的灾难。对他，我没理由爆发，便隐忍，继而在心里化成了坚硬的石头。父亲、哥哥、堂兄、师父，我把他们一起关在心里最黑暗的一间密室。

同龄人在上学，我在闲逛。那座让我受伤的大楼已投入使用，堂而皇之地站在路边。往事浮现，突然一阵激烈的仇恨在血液里沸腾。我愤恨地瞪着它，它毫无表情，一派无辜。不，它是在不屑一顾，是在肆无忌惮地嘲笑！我捡起石头，狠狠地砸去，一块又一块的玻璃应声破碎。楼里传出惊慌的尖叫，一群人气势汹汹地怒骂着，探出头来，冲下楼梯，冲出楼门，向我奔来。我仰头看着眼前的一片混乱，看着被我打瞎了眼，打破了鼻子嘴巴脸面的，骄傲不可一世的大楼变得狼狈不堪，人们像被烟熏火燎的旱獭一般从楼洞里逃窜出来，哈哈大笑……

我时常如此。沉默易怒，砸碎了家里所有的镜子。家人默默地承受，默默地善后。

母亲不再掉眼泪，饭菜不再变换花样，父亲不再喝那么多酒，又忙碌着他的小生意，外婆沉默寡言，摇着转经筒念咒诵经。如石子投入池塘，我回家荡起的波纹正在平息，父母沉默地努力着，努力地沉默着，让一切都恢复到原来的秩序。

一天上午，小姑来了，她在工布江达县小学教书。我小时候跟她关系很亲近，在我眼睛受伤后，她伤心悲愤，哭了很久。父亲带我去草原的那天，她也来了，抱着我，大哭，泪流满面。

小姑仍然很亲切，而我很冷漠。我对谁都冷漠，尤其对亲戚。

父母对小姑的到来很开心，像过节一样。母亲做了一桌子菜，父亲喝了很多酒，小姑不停地给我夹菜，讲我小时候的趣事，却对我在草原几年的生活不言不问，避而不谈。幼时的事我几乎都忘记了，她提到的些微美好时光我还依稀能记得，但那些恍惚的印象像山腰的白云很远很远，越飘越远，正在被风吹散。

我对那些印象淡薄的"趣事"无动于衷，父母却卖力地笑着，卖力地快乐着。

小姑让我跟她去县里上学，父母极力赞同，拿出早已置办好的新衣服新书包。这是阴谋，他们早就预备好了，就像当初送我去草原一样。但我没有拒绝，待在家里并不舒服，父母已经对我无所事事的怪异担心甚至厌烦了。

我无法融入活泼的小学生中。他们太傻、太吵、太小了。我不习惯他们，他们也不让我安静。短短的一周，我就有了无数的绰号：瞎眼狗熊、牦牛、藏獒、大猩猩……最后，我有了固定的外号——猩猩。我不屑于他们的挑战，无意伤人，却一再失手，打破了小孩儿的鼻子牙齿，被家长找上门来。类似事件再三发生，小姑很是头疼，暗自掉眼泪。

一个月后，我不上学了，说什么都不去，我无法待在那样的环境里，和一群天真的小孩一起。我在家里自学，小姑在周末时到家来给我补习。我喜欢读书，小学生的小儿科书本对我毫无难度。学完课本，我去书店买了一些佛学方面的书，竟也能看懂。

三年后，我终于重新适应了学校生活，上了初中。这期间，父亲带我去过拉萨、成都，医治眼睛。没用，永久性失明。最终，我配了义眼。

戴上义眼的那一天，家里也重新装上了镜子，我非常开心，对着镜子反复将义眼摘下，装上，摘下，装上，捂住左眼，捂住右眼。

心里郁积已久的结松动了一些。

在中学，我比同龄的孩子成熟稳重，成绩也好，受老师喜欢，也渐渐为学生所尊重。猩猩仍是我的代号，而我已不再生气。对每一个人，我都平和，但永远，他们与我保持着距离，我也与他们，与所有人，与这个世界保持着距离。我很孤独，而这种孤独不是年少不识愁滋味的矫情。

高三高考前，我外婆去世了。

外婆的最后几年，深受病痛折磨，几乎瘫痪在床。她说这是报应，毒害无辜，终得恶报。她去世的前一天，身体突然好转，从床上坐起来，红光满面，眼神炯炯。她把我叫到床前，拿出两只装着粉末的小玻璃瓶，说："布，这一瓶是毒，可以放在酒里、饭菜里，撒在衣服上，中毒的人三个月内不会有任何症状，三个月后会毒性发作，断肠而死，医生也查不出来。这一瓶是解药，中毒的人在三个月内服下解药，就能解毒，不会死。给酒里下毒时，把药粉藏在指甲缝里，沾到酒就成。害瞎你眼睛的人可以毒，他不是好人，到现在都不承认他的错。害你在德格受苦的人可以毒，也不是好人。毒坏人不遭报应！"

　　两瓶药是我和外婆的秘密，这个可怕的秘密点燃了我潜藏已久的复仇欲望，刚一点燃，便熊熊燃烧。外婆、师父、那个辍学的高中生、堂兄、朝拜的老夫妇，不时在我心里闪现、斗争。伤痛被一遍遍咀嚼，像一把出土的剑被不停擦拭，越来越锋利。我攥着毒瓶，全身充满力量。

十三　手串

高考志愿我报了藏医学。药是一把剑，可救人，可杀人。我要握剑在手。

大学，是社会的学前班。这四年，我一直让自己保持高度的觉醒状态。

从第一天起，就去公共健身房里健身。跑步已是常态，从高中开始，几乎从未间断。大学里没有人再叫我猩猩，甚至没有人知道我有一只是义眼。仅有的几个高中同学关系也不密切。我不谈论过往，不展示悲伤，沉稳、坚忍、独来独往，不刻意结交朋友，也不刻意疏远谁，与人保持距离，不产生亲密关系。

事实上，我很难做到与人亲近。欣赏我的，我欣赏的，相互欣赏的，双方都有结交意向的，男的，女的，老师，同学，都难以亲近。女女之间的闺蜜，男男之间的哥们，这种关系，我都没有。我渐渐明白，如那般，如我者，永远都不会有，而没有，我觉得孤独，也不孤独。生活很充实。

功课，我是最努力的，除了钻研专业，我通过图书、网络，深入了解学习中医、西医，甚至巫术。文学、宗教、哲学、科幻，甚至天文、物理，我都深感兴趣。

他们的青春快乐得没心没肺，我则厚重而理性。至于爱情，不去染指。少女朦胧的情感对我来说太轻太青，对于一些异性的示好和试探，我尊重而谨慎。没有饱尝生活之苦的人，无法理解我思想里的沉重，而走进我，她们会受到伤害。

我与我的同学似乎不在同一个时空，且越来越远。我不打游戏，不喝酒，不睡得昏天黑地，不在考试前临时抱佛脚，不听摇滚乐和重金属。运动和读书几乎是我的一切，我的耳机里永远流淌着宁静的、悲伤的曲子。

毕业前，传来师父圆寂的消息。远在几千里之外，我无法亲往，只能隔空遥祭。一支香，一杯茶，静坐中，幼年的草原生活在脑中浮现，异常清晰，历历在目，如积蓄已久的大坝打开了闸门，奔涌而出，一泻千里。

袅袅香雾中，历历往事，逐渐清明：

那段过往，并没有被忘记；那段痛苦，并没有被原谅；复仇的念头，我从未放弃！我容不下友情，因为对人缺乏信任；我容不下爱情，因为还有未了的心事；我刻苦地锻炼身体，是在凝聚力量强大自己；我广泛地读书，是在为复仇寻找支撑，也是在与复仇进行抗争！我活得太沉重，也太复杂，我伪装得太久了！

师父的死犹如揭去了五行山上的六字真言佛帖，仇恨像五行山下压抑了五百年的齐天大圣，重见天日！我无法正常生活，因为笼罩在阴影中，要走出来，必须杀人！要杀的人早已锁定，在那栋建筑！那片草原！

《殇》在耳机里悲伤地流淌。大提琴演奏者以生命演奏，以灵魂悲伤。我的灵魂在共鸣中震颤，挣扎在理智与疯狂的深渊。最终，唯余理智：医生是救人的，我是医生，医生是解救苦难的，我是医生。我有苦难，我要解救自己，如果不祛除我在人间的悲伤，我做不到救人，在我成为正常人之前，成为一个救人的医生之前，我必须铲除生命中的祸患，打碎禁锢灵魂的桎梏。

杀了他们！杀了他们！

杀了他们，很容易。

毕业后，我去祭奠师父。德格的夏日，空气清爽，天色湛蓝，寺庙矗立在草原上。我向寺庙的管家喇嘛说明来意，他竟对我仍有印象，帮我完成了祭奠事宜。事后，他交给我一串佛珠，是师父的遗物。师父在圆寂前嘱托他一定要转交给我。

师父知道我会来，修行之深如他，神通之大如他，什么都能预知，却什么也不去改变，或许他什么也改变不了。

佛珠上刻着藏文，却不是常见的六字真言，而是一个个"恕"字。十四颗佛珠，十方三世，六道众生，同一悲仰，十四种无畏功德，俱化作一个"恕"字！

我泪流满面：我之所思，他早已通晓。

我本欲向管家喇嘛打听师父二儿子的境况及去向，和他喝一杯离别毒酒，以报郁积多年的忍辱之仇，此刻手握刻有师父遗言的佛珠，只能作罢。但我又心有不甘。

我向喇嘛请求在寺庙里暂住三日，喇嘛同意了。

我暗想：三日内，如能遇见堂兄，是他的命数该绝，如不能遇见，我放下对他的仇恨，前尘往事一笔勾销。

寺庙是神奇的地方，恶念恶行在这里无所遁藏。佛像威严，喇嘛精进，时时处处皆善言善行，宁静平和。煨桑的袅袅清香和酥油灯的暖暖黄光，无声地消解着诸般恼恨烦仇。

支撑我等待三日的复仇怨念越来越弱，邪念存心的我在这里感到恐怖畏惧。但我强撑着不动摇，一定要挨到最后一刻。我已经斗争了很多年，深深了解自己，此一时彼一时，此时因冲动放弃，彼后将永无宁日。

第三日下午，艳阳当空，万里如洗。山峦起伏，碧草无垠，和风中，天地一派清明。我坐在草地溪流边一块石头上,手捻佛珠,摩挲着手中的玻璃瓶。寺庙庄严,金顶放光,脚边是碎金流波。部分药粉被我制成了普通藏药一样的棕红色药丸,晃一晃,叮当作响。

远处一辆半新的丰田两百型渐渐驶近,停在寺庙前。一个中年汉子从驾驶室出来,打开后备箱,搬下一筐筐酸奶、干肉、酥油。熟悉的场景,不过是牦牛换成了汽车。

我盯着汉子。他扎着长发,蓄着络腮胡子,穿一件黑色的短夹克,深蓝的牛仔裤,一条腿有些跛。寺庙里有喇嘛出来接应,他们大声说话,声音清晰地传到我耳中。通过身形模样我还不敢断定,但声音让我确认:此人正是那个我幼年时恶魔一般的堂兄无疑了。我看了看天,天晴朗无言,都是定数。我收起佛珠和药瓶,起身向他走去。

他卸完东西,拉下后备厢盖,看见了我。相距五米,各自站立。他愣了一秒钟,并在这一秒钟内认出了我。

四目相对,确切地说,是一目对两目——我有一只是义眼。

"你的眼睛好了?"

他没有震惊、傲慢、凶狠诸如此类,只有淡定,面无表情,是那种遍历人世沧桑,身心疲惫之余的无所谓。我也镇静得让自己吃惊。我承认,我内心深处还是怕他的——童年的施暴者。

"好不了了,是义眼。"

"你来……"

"祭奠我师父。"

沉默。

"祭奠完了?"

"完了。"

沉默。

"你带药了吗?"

我大吃一惊,头"嗡"地一声,我不知道自己的身体是否有瞬间的战栗抖动,而心里的冰凉迅速蔓延到四肢手足。他接着说:"你师父临终前叮嘱我,你可能会带一些药。带了没?有没有能缓解疼痛什么的,我身体不是很好,喝酒太多,打架留下了些后遗症,经常痛……"他指指腿,又拍拍肚子。

我暗暗松了一口气。即使智者已将预言明示于天下,不通者仍不通,不信者仍不信。哀哉。

"我读书学的是藏医,研究药理药性……我师父怎么说的?"

"……忘记了,大概是说如果见到你,给你要一些药之类。"

"药,有。"

我有些忌惮和恐惧师父的先知了,然而也更确信他不能改变这既定世事的分毫,不然我就不会在草原上活得那么辛苦了。生前不能改变,死后更不能改变。

我双手插兜,看向金光闪闪的河水,指尖在佛珠和药瓶之间来回摸索。河水的金光晃疼了我的眼睛,转头间,他的眼神闪过一丝不屑。

"这个,应该对你有用。我带的不多,你可以试试,如果有用,给我打电话,我再给你邮寄。"

我捏着小瓶,倒出一粒药丸,走过去。

他摊开粗糙大手,接过,看了看,丢进嘴里,咯嘣咬碎,嚼了嚼,咽下去了。咕哝了两句,听不清在说什么。随即从口袋里掏出一个不锈钢便携式酒壶，仰头灌下一口。拧上壶盖，开门上车，摁下车窗，伸出头，眼神凝重，盯着我说："谢谢你的药，医生。"说完这几个字，他缩头，关窗，发动引擎，油门轰轰作响，绝尘而去。

"保重。"我对着阳光里的尘埃说。

那是一粒毒药。

至于解药，我等他电话。

夕阳西下，山川影斜，烟尘渐渐消散，堂兄的身影却依然清晰，我怅然若失。

回到家，父母已经老迈。

随着年龄的增长，和父母间的谈话内容也日渐沉重。相隔多年未见，更是无话可说。非必要不交流。那个推我的人终究不承认是他干的。多年前法院早已走完程序，只因我年龄太小，没有参与。他没有得到任何惩罚，我们没有得到丝毫赔偿，没有道歉，只有傲慢。他现在过得不错，家里有一辆卡车，在工地上拉建材。

我要到了他家的地址，得知了他的模样。他喝酒，也抽烟。父母担心我去复仇惹事,我笑笑宽慰说,不会,不会惹事,我不会有事。

我用最笨也是最可靠的办法等他——蹲守。我想过多种可能,他认出我或者认不出,他和我搭话或者不理睬,他待在车里或者下车锁门直接走开,他一个人或者车里还有其他人。不管怎样,我一定要让他接过我的烟。

三天后,我远远地看见他把车停在家门口。我的烟盒里有两支中华,每一支都用药仔细处理过,不管是否使用烟嘴,只要接触,就会起效,三个月,毒发肠断,痛苦而死,死因不明,医院也无从查证。

车里只有他一个人。他熄灭发动机,打开车门。我计算着步数,他关上车门,我走到他面前站定。

"刚出车回来啊?"我面带微笑,全身上下每一个毛孔都散发着友好气息。

他愣了一下,快速上下打量我一番,略略惊愕后被我的友好感染,微笑着说:"是,你是……"

他没有认出我。"听说你跑运输,我有一批货想用车。"我适时地打开烟盒,摸出两支烟,一支递向他,一支自己含上，摸出打火机，要给他点上。他自然地接过香烟，摆摆手示意不用我点火。

"你有些什么货，要送到哪里？"

"哦，是一批服装，要送到拉萨。"我随口胡诌。

我点燃了口中的香烟，轻轻吐出一口。无颜色，无异味。

他随即把烟含在嘴唇间，摸出打火机点燃，猛吸一口，缓缓吐出。

妥了。

"服装？去拉萨？哈哈，我的车是拉石头的，只跑工地。"

"哦，那我搞错了，朋友说你有一辆货车……"我不好意思地笑着。

手机响了，他抽着烟，接听手机，我耐心等待。

他挂断手机，我脸上友善可亲的微笑变作冷笑，问："十八年前，你把一个小孩推下楼梯，弄瞎了他的一只眼睛。"

他脸色骤然大变，再次上下打量了我一番，眼神扫过我的眼睛，目光渐渐凶狠，问："你是谁？"

"别管我是谁,那件事是不是你干的!"

"你他妈的是谁,关你什么事!"

"我他妈的就是那个被你弄瞎了眼睛的人!"

"滚你妈的,我没有!"

我扔掉香烟,刷地扯开上衣,露出健硕的胸肌和八块腹肌:"等着瞧!"

他愣住了。我冷笑:"等着瞧!"转身离去,心下快意!

我不屑与他打斗,尽管目测他不是我的对手。回到家,我拿出解药冲服。外婆给的毒是否有效,我不知道,未经验证。就连外婆是墨脱的毒王,也只是传说。希望有效。在我的意念里,他们已经痛苦而死。

两个月后,我得到消息:堂兄死了,和人打架被杀。

三个月后,卡车司机死了,死在医院。内脏出血,肠断而死。

听到堂兄的死讯,我感到失落,他竟不是死在毒药上,但也算死得其所了。依他的脾气,死在打架上是早晚的事。我耐心等待卡车司机的消息。当听到他是肠断而亡时，我快意，却不太多。更多的是震惊：下毒，是真的。除此之外，还有一丝莫名的惶恐，这种惶恐缥缈不实，我一时难以界定其具体为何，但并非惧怕。

尽管我学的是医学，但主要研究药理，并未见过多少死人，更没见过多少痛苦而死的病人。死亡，对我来说几乎仍是一个抽象的概念。

我自认并不惧怕死亡，幼年时曾眼睁睁看着黄马死去，曾杀死诸多无辜的旱獭，在天葬台见过惨白的骸骨，也曾尝试过自杀。捉摸不定的宗教和哲学，压抑不住的强烈复仇欲望，让我对死亡很淡漠。外婆的死让我悲伤，师父的死让我难过，但难过和悲伤并非因为死亡，而是死亡带来的离别。

心底浓郁的悲愤消散，坚韧挣脱了黑色硬壳，我终于走出了阴鸷的深渊，阳光穿破云层，世界清爽明朗，我没有负罪感！不再压抑！畅快呼吸！

这样的感觉持续了一年，我也在这一年中活出了一种正常人的感觉，像每个自由人一样行走在生活里，吃饭、睡觉、工作、活着。

到今天为止，我已工作三年了，越来越频繁地感到一种莫名的失落，仿佛在虚浮的云端中飘摇了很久，想要降落时，却发现自己变成一粒轻微的尘埃，无法沉降，无处着落。

对于下毒杀人，我由之前坚定的不悔，到现在萌发歉疚，以至生活无处着力。我的工作不可避免地要接触死亡，但越来越多的死亡并没有让我司空见惯，反而不断加深着沉重的色彩，死去的两人各自站在车前的身影，经常在夜深人静的时候浮现。

我每天都戴着师父遗赠的佛珠，摩挲着每一颗"恕"，渐渐清醒而深刻：我已酿成了大错，不可挽回，命运曾给我宽恕的机会以修行，我却在堕落中沉沦。

从那时起，我摘掉了佩戴多年的狼牙。

阿布停止了讲述，喝尽碗中的最后一口酒。洞外的天空已现晨色，山鸟轻鸣。一夜未眠，我毫无倦意。

想起客栈墙上的一句留言，"放下欲望，让心灵平静，是这次来拉萨的目的。"当时我对这句涂鸦并未在意，自认为已哀大心死，了无欲望。此刻，我承认，我并不平静，更未曾放下。各种莫名的失落已渐渐发酵成强烈的恨意，是恨的力量支撑着我千里走单骑，我在逃避中咀嚼失落加深仇恨，积聚着点燃复仇烈火的力量。而向谁复仇，却了无方向。生活给我磨难，我自认没有妥协。报复谁呢？在生活里报复生活？然后在仇情恨绪的泥淖中继续活着？

> 子贡问曰：有一言而可以终身行之者乎？子曰：其恕乎！

一种强烈的振奋感自脚底升腾，缘双腿而上，在丹田凝结，穿脊柱而行，破颅骨而出！我爬出山洞，挺身举目，四下苍茫。我的灵魂拔地而起，冲天而飞。皇天后土，星河寥廓！

扎西德勒！壮美山河！扎西德勒！过往前尘！扎西德勒！世间所有！

天光大亮。

我对阿布说："谢谢你的故事，由衷地感激，无以言表！"

"有所悟了？"

"能放下了。"

"第一眼就看出你有心事，来青朴的人都有心事。"

"可怕的故事，而我是一个陌生人。"

"我在自我救赎。"

我伸出手，他握住。他的手掌宽厚有力，真实不虚。

我将装备打包完毕，可以下山了。他把一只木碗和酒桶递给我，桶里还有一些酒。

"送给你，聊做纪念。"他说。

我无物以赠，他说不必。

我是飞车下山的，身上那些矫情，心里那些阴郁，散发殆尽。山路弯弯，野花烂漫，清风和畅。

故事讲完了，我的木碗里还有酒。

干杯，朋友。